お詫びと訂正

「屍境」本文中に誤記がありました。左記の通り訂正いたします。

十一頁　十四行目

安達二十三《ふたぞう》　→　安達二十三《はたぞう》

二八頁　一行目

岡山県師範学校中学、　→　岡山県師範学校、

二〇一頁　五行目

衆議員議員　→　衆議院議員

読者並びに関係者の皆様にご迷惑をおかけしたことを深くお詫び申し上げます。

二〇一八年八月

㈱作品社

屍境

ニューギニアでの戦争

福井孝典

作品社

屍　境／目次

主な登場人物（登場順）

安達二十三《ふたぞう》（第十八軍司令官・中将）

今村　均《ひとし》（第八方面軍司令官・大将）

藤木　茂（大本営派遣参謀・大佐）

矢本武生（南海支隊歩兵第百四十四連隊第一大隊・少佐）

柳井玄太（軍医・少尉）

石村三男（第五十一師団第六十六連隊第三中隊・伍長）

戸部　矩《たゞし》（第二十師団歩兵第八十連隊・中尉）

ジャック・ドーソン（オーストラリア陸軍狙撃手・二等兵）

高《コ》　玉珠《オクジュ》（従軍慰安婦）

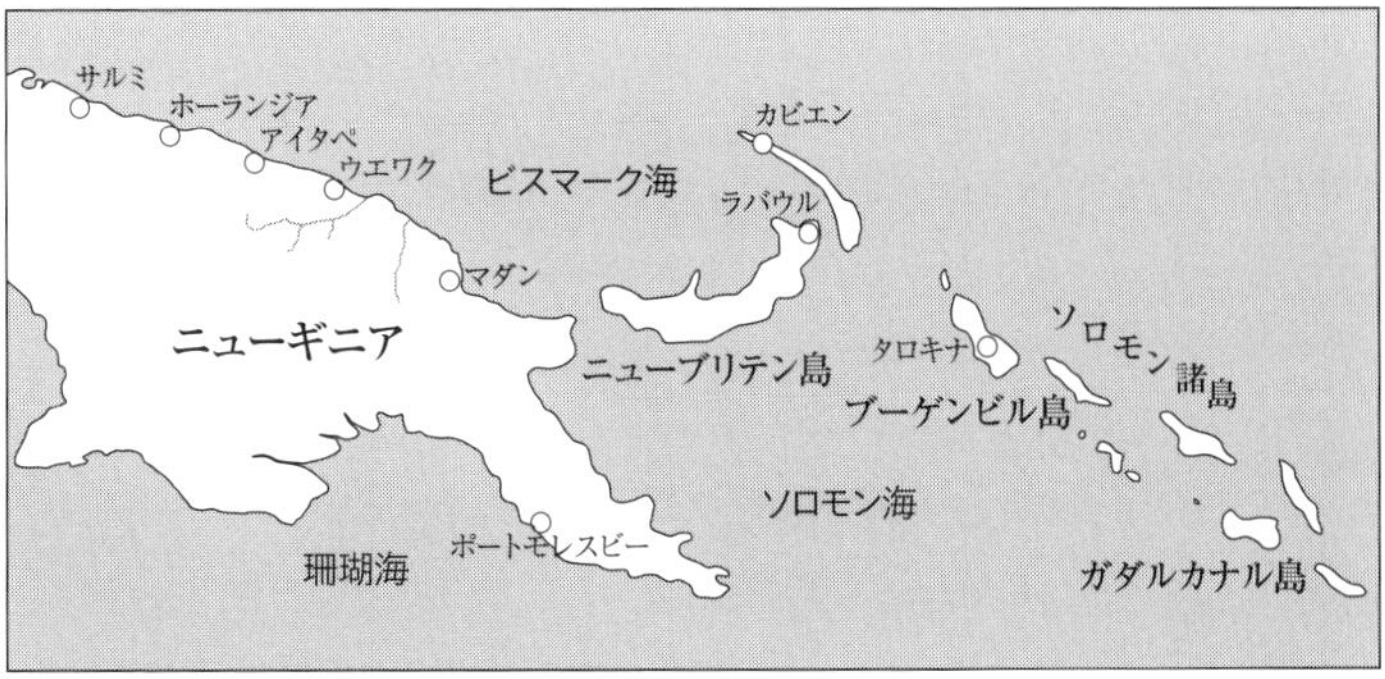
サルミ
ホーランジア
アイタペ
ウエワク
ビスマーク海
カビエン
ラバウル
マダン
ニューギニア
ニューブリテン島
タロキナ
ソロモン諸島
ブーゲンビル島
ソロモン海
ポートモレスビー
珊瑚海
ガダルカナル島

アイタペ
アファ
坂東川
ウエワク
ヌンボク
ハンサ
ビスマーク海
ラバウル
セピック川
ラム川
アレクシスハーヘン
マダン
ダンピール海峡
グンビ岬
ハーゲン
ベナベナ
キアリ
ニューブリテン島
ナンバリバ
アント岬
マーカス岬
サテルベルグ
高地
サラワケット山
フィンシュハーヘン
ニューギニア
ラエ
ポポイ岬
サラモア
ワウ
ボブダビ
ウエバリ
マンバレー
ソロモン海
オーエンスタンレー山脈
クムジ
ゴナ
パサブァ
ギルワ
ブナ
ココダ
珊瑚海
イオリバイワ
ポートモレスビー

ニューギニアでの戦争にかゝわった
すべての人たちに捧げる

屍《し》境《きょう》

ニューギニアでの戦争

死者の唇ひとつひとつに
他とことなる　それだけしかないことばを吸わせよ
類化しない　統べない　かれやかのじょだけのことばを
百年かけて
海とその影から掬《すく》え
砂いっぱいの死者にどうかことばをあてがえ

辺見庸『眼の海』より

第一章

昭和十八年一月十八日　ラバウル

ラバウル北崎の崖下に続く磯から、インクを溶かしたような紺碧に輝く太平洋が広がっていた。打ち寄せるさゞ波の白い波頭をはじき返しながら、鉄の鮫を思わせる伊号潜水艦の船体が、磯を補強してできた桟橋の先に停泊していた。乗組員に誘導されて灰色の甲板に姿を現した兵隊は、ほとんどが重い傷を負ったか病を得た者たち。潜水艦がマンバレーを出航する時、たまたまそこに居合わせた幸運な傷病兵たちだった。兵隊たちは、海水が表面を洗うコンクリート桟橋を渡り、懸崖《けんがい》に掘られた倉庫兼用の、中が大きく広がった洞窟に入る。入った場所で行く先が確認され、暫時待機する。

「第八方面軍司令部！」と呼ばれた時、進み出たのは五名の将兵。傷こそ負っていないが、傷病兵同様に痩せこけ、黒ずんだ皮膚が骨にへばりついた兵隊たちだった。浅葱《あさぎ》がかった茶褐色の軍服も黒く汚れ、所々の破れから、牛蒡《ごぼう》のような身体が覗《のぞ》いていた。襟章から中尉と少尉であることが判る二人が将校で、一人は黒いケースをしっかりと抱えていた。部下の三人は襟章すらも無くなってしまっていたので階級は判らない。洞窟を奥へ進むと自動車道路につながっていて、そこで待っていた軍用トラックに五人は乗りこんだ。司令部付将校がサイドカーに乗ったオートバイの先導で、彼らは第八方面軍司令部に向かう。道の凹凸が激しく、肩を摑んで揺さぶられているような身体の動きが止まらない状態で、ラバウル市街に向かう。

南海支隊がこゝを出発してから半年、ラバウルの風景にさしたる変化は見られないようだった。夾竹桃《きょうちくとう》に似たプルメリアはピンクや黄色、白色の花を並木に咲かせ、ゆかしい香りが風に吹かれて漂っている。現住民は、奉仕活動にかり出される者も多いのだろうが、相変わらず彼ら自身の生活スタイルで元気に過ごしているように見えた。真っ黒な人形のような子どもたちは眼をくりくりさせて沿道から手を振ってくる。「マングローブの豊かな地域」という意味を持つ「ラバウル」は、その名が示すように、自然の営みに任せた静かな土地だったのだ。開戦と同時にこゝを占領した南海支隊の一員はそう思う。しかしあれから一年、こゝを去って半年。客観的な眼で見れば、この土地は大いに変化しているに違いないのだった。まず日本兵の数。完全武装で銃を肩にかつぎ列を作って行進する兵隊たち、シャベルやツルハシ、鍬を握って作業する半裸体の兵隊たち、道端で現住民と並んで時間を潰している兵隊たちもいる。何万もの日本兵が入ってきている筈だった。山地部では特に陸軍の兵隊が目につく。部隊配置された国防色の兵隊は、外国人労働者を使って道路を開き、防空壕を掘っている。その数の多さと集中度の高さは、周辺の山岳地帯を含むラバウル全体に要塞を広げていく気色《けしき》を感じさせた。

山を降りながら眼下にラバウル港を眺めれば、海沿いに延びる市街地が白く輝いて見える。空襲を受けているとはいえ、未だ確かに存在している人間の街並みがあった。トラックは、中国人や日本人たちが経営している店の前をガタガタと通過する。本土とはまるで趣は違うが、間違いなく街の店だ。日の丸を掲げ、日本語の看板を出している。ニューギニアでは絶えて目に触れることの無かった光景だった。小高い丘にある金剛洞に南東方面艦隊司令部を置くラバウル市街は、海軍の施設で囲まれていて、街には海軍の兵隊が溢れていた。戦闘帽が白や濃紺の者が多かったし、帽章が碇《いかり》マーク。艦隊、航空隊、陸戦隊とそれぞれ異なった仕事の海軍兵が、凝縮されたようにこの地に集中していた。その一角、マンゴー通りとマラグナ通りがぶつかる辺りの少し奥でトラックは停車した。陸軍第八方面軍司令部はそこにあった。ニューギニアから来た五人は転げ落ちるようにして、疲弊した身体をトラックの外へ出す。一人はどこまでも大事そうに黒いケースを抱えている。彼らは珍しいものを見るように軍司令部の入り口を眺めた。

「第八方面軍」は彼らがニューギニアで戦っている間にできた。所属している南海支隊・歩兵第百四十四連隊は、それまで大本営直轄部隊という栄誉ある特別の地位を保ってきていた。それがこの戦闘中に、安達二十三《ふたぞう》中将を司令官とする第十八軍に編入され、ガダルカナル戦を戦っている第十七軍と共に、今村均《ひとし》大将が統率することゝなった第八方面軍の麾下《きか》に入ったのだった。軍事編成上の重大な変更であるに違いなかったが、戦場にへばりついている兵隊にとっては所詮雲の上の出来事に過ぎなかった。それでも自分たちの所属する部隊の確認は、彼らにとっても大いに関心があった。「猛第七九〇二」の秘匿名称を持つ「第八方面軍司令部」の標示は、彼らが確かに存在している証《あかし》のようにも感じられた。潜水艦基地から案内してきた司令部付将校の後に従って中に入った。

安達二十三が第十八軍司令官としてラバウルに到着したのは、第八方面軍司令官として今村均がこゝへ来た二日後、これより二ヶ月ほど前の十一月二十五日のことだった。安達はトラック島から一式陸攻に乗って、入道雲の群れを透かした眼下に洋々と広がる南溟《なんめい》を、ひたすら南下してきた。マラリアの療養をしに東京へ一時帰っていた大本営派遣参謀藤木茂も同乗していた。朴訥《ぼくとつ》で幾分のっそりとした印象を醸《かも》しだす安達とは対称的に、直裁的な言動で知られる藤木は眼から鼻へ抜ける天才肌を身にまとっていた。ガダルカナルでマラリアに罹患《りかん》し、戦闘中に駆逐艦で撤退してから間もなかったが、その雰囲気には少しも損傷をきたしていなかった。マラリアの為に痩《こ》けてしまった頰の上にしっかりかけられた丸縁眼鏡が恰《あたか》も武器であるかのごとくに鋭く光っている。ラバウル上空にさしかゝり、安達が「あの噴煙を上げているのが花吹山だね」と指をさすと、

「そうです。その隣りが母山。花吹山から流れ出した溶岩流が海に注いで固まっているのが硫黄崎。その対岸にあるのが松島です。硫黄崎から松島まで弧を描いてつながっているのが松島湾。あそこで温泉に浸《つ》かれますよ。そこからラバウル港に向かって斜めに走っているのが東飛行場です。……海軍にしては、なかなか良い場所に眼をつけたものですよ」と藤木は説明した。

「海軍にしては?」と安達が繰り返すと、

「ろくな場所じゃありませんからね。彼らが攻めたがるのは」と藤木は何事でも無いかの口調で言った。

「どれも戦略上必要なんだろう」と安達が不機嫌に言うと、

「当然そうなんですがね」と藤木はあっさり認めてから「だからと言って、小さな島に勝手に侵攻されては困るんです」と更に付け足した。

「ガダルカナルのことを言っているのか？」と訝《いぶか》しげに軍司令官が聞くと、

「それもそうです。ガダルカナルは最早《もはや》転進するしかありません」と派遣参謀は断言した。

「他には？」

「フィジー、サモア、キスカ、ミッドウエー……、全部間違っておりました」

「みな既に作戦を終了しているではないか」

「終了せざるを得なかったのです。海軍の連続攻勢戦略がもたらした当然の帰結ではあります」

「藤木参謀、君は評判通り、随分はっきりと意見を述べる人間だなあ。海軍を悪く言っているが、それはそのまゝ大本営にもかゝわってくることだろう」

「大本営も認めてきたわけであります」と藤木は口を噤《つぐ》んだ。

安達は機体の爆音に包まれ、黙って地上を見続けた。東飛行場に何十ものゼロ戦が列をなして待機している姿が確認できた。その迷彩をほどこした戦闘機が次々に飛び立っている。

「あれは、どこに向かっているのかね」と安達が聞くと、

「ガダルカナルでしょう。ひょっとするとポートモレスビーかもしれません。『飛行機には飛行

機で』というのが我々の合い言葉になっていますからね。……航空隊は、まあようやっておりますよ」と藤木は答えた。

一式陸攻は、たくさんの輸送船や軍艦が林のように停泊しているラバウル港上空をそのまゝ通過し、砲台の並ぶ岬を飛び越え、山地にぽっかりと覗いている西飛行場に到着した。山に広がる椰子《やし》林を、大きくざっくりと切り開いて広大な滑走路が走っている。軍の施設以外まわりには何も見当たらない。全てが椰子の森だった。安達中将以下参謀たちの到着を、護衛小隊に挟まれた三台の「くろがね四起」が待っていた。フロントグリルには陸軍を表す五芒星が据えられている。車は緩やかな傾斜で延びる、熱帯林に囲まれた道路をがたがたジャンプを繰り返しながら進んだ。

「この辺りからずっと一帯を陸軍が展開しています」と安達の隣りに座った藤木が手で円を描いて言う。「重砲・高射砲・速射砲・機関砲等の部隊の他に第三十八師団がこの地を守ります。陸軍航空隊も近いうちにやって来ます。海軍に対して陸軍はできる限りの協力をしているということです。敵主力の反攻がこの南太平洋地域から始まる公算も強いからであります。第八方面軍が新設され、こうして安達閣下や今村大将を司令官にお迎えするのも大本営の決意の表れであります」

「ジャワで活躍中の今村さんが急遽この地への派遣だからなあ」と安達が考えこむと、

「ジャワはもう大丈夫です。現地宣撫《せんぶ》と支配は今村閣下の時代に確立されております」と藤木は胸を張った。

「『戦陣訓』に『仁恕《じんじょ》の心能《よ》く無辜《むこ》の住民を愛護すべし』とあるだろう。あれは今村さんが入れたんだ。皇軍が忘れてはならない大切な心構えだ」と安達は自分に言い聞かすように呟《つぶや》いた。

連合艦隊司令長官の宿舎にも近い街の中心部にある第八方面軍のにわか作りの建物で今村大将は安達の到着を待っていた。身長五尺六寸（一七〇センチ）、体重二十貫（七五キロ）の安達に比べ今村は少し背が低く小太りで、口の小さな丸顔の大将だった。顔がそろった参謀たちが仕事をする部屋と会議室は既にできていて、各部隊への電話や無線での連絡手段も整っていた。ニューギニアで戦っている第十八軍とガダルカナルの第十七軍、それに第三十八師団を中心とする方面軍直轄部隊が指揮下に入っている。今村、安達の両司令官と大本営派遣参謀の藤木は、到着早々の短い時間、司令官室で話しをした。

「こゝへ来る前にトラック島で海軍の山本長官から何か聞かなかったか？」と今村は安達に尋ねた。いや、と安達が首を振ると、「ミッドウエー戦の結果が実はすこぶる深刻なんだそうだ」と暗い顔で言った。

「負けているってことか？」世間に発表されている程度の情報しか持ち合わせていなかった安達が聞き返した。

「それも大敗だ。連合艦隊は赤城、加賀、蒼龍、飛龍の四空母を一気に失ってしまったんだ。これ以降、機動部隊の作戦は大いに変化させざるを得ないとのこっだった」

「海軍機動部隊の主力が沈められたのか。長官は、どういう顔でそれを今村さんに話されたのか？」

「淡々とね、落ち着いて事実を語っただけっちゃ。しかしわざわざおらに語ったってことは、ガダルカナル、ニューギニア、更にはラバウルでの作戦に、機動部隊の支援は望めないぞってことを伝えたんだ。珊瑚海海戦のような規模での作戦は今後あり得ないっつうことだろう。おらたちは、それを前提に動かなければならないっつうこっだ」と今村は考えこむように言った。

「しかし南太平洋の作戦は、海と空の支援抜きに何も考えられませんからね。艦隊の温存を図ろうというような思惑は通用しませんよ。そもそもガダルカナルなんて小さな島に勝手に飛行場を作ったのは海軍の独走でしてね。大本営は初めその存在すら知らなかったのですから」と藤木参謀は眼鏡を光らせた。

「大本営は知らなかった?」今更何を言うか、という気持ちで今村は繰り返した。確かに、今村を含め陸軍の首脳たちにガダルカナルという島の存在はなかった。そもそも、補給線の限界としての攻勢終末点は、せいぜいパラオ、サイパン、トラック島辺りまでゝあると主張してきた。それが、トラック島を守るためにはラバウルを、ラバウルを守るためにはガダルカナルをポートモレスビーをと、海軍はどんどん戦線拡大を要求した。短期決戦に持ち込む攻勢戦略だった。長期不敗態勢の確立を主張する陸軍の守勢戦略は、しかし開戦直後の連戦連勝の熱気に煽られ、力を失い、準備不足のまゝに戦線を南太平洋に拡大していくことゝなった。海軍と陸軍との間に大東亜戦争を巡る戦略の齟齬《そご》が確かにあった。しかしそれら全てを包みこみ、軍を動かしてきたのは大本営ではないか。特に藤木ら、大本営付きの参謀は威勢の良いことには人後に落ちない徹底ぶりではなかったか。知らなかったなぞという言葉を吐いて何になる。それは陸軍大将である今村自身にしても言ってはいけない言葉ではないか。そう思った。安達の顔にも、平気な表情で言いたいことを喋る藤木に対する不快感が表れていた。しかし二人の司令官のそんな気持ちなぞ少しも意に介さない顔付きの藤木だった。「作戦の神様」と称されることのある藤木である。何か考えがある筈だと思い、今村は、

「第十七軍は、百武司令官以下全部隊がガダルカナルに出払っていて、もうこゝにはおらん。藤木参謀、ガダルカナル戦をずっと指図してきた者としてこの方面の作戦に関して良い提言があるかね？」と聞いてみた。その質問が終わるか終わらないうち藤木はすかさず、

「ガダルカナルは全面撤退しかありません」と言い切った。少しの躊躇《ちゆうちよ》も見せずに恥ずべき言葉を口にする参謀に眉をしかめて、

「攻むれば必ず取り、戦えば必ず勝つ皇軍は、百戦百勝の伝統に対する己の責務を銘肝《めいかん》し、勝たずば断じて已むべからず。これが戦陣訓だ。光輝ある皇軍の歴史に全面撤退なんぞという策はあり得ない。今、ソロモン海戦を背景に第三十八師団があらたに上陸し、飛行場奪取に向け作戦を開始している時に何を言うか」と今村は言った。

「既に一木支隊、川口支隊、青葉支隊、第二師団が攻撃し、ことごとく壊滅に近い状態で失敗しております。糧食弾薬の補給も極めて限られた状態で、ガ島は飢えの島と化しています。空と海からの支援が望めない状況で、我が軍に勝算はありません。撤退ではなく転進ということにすれば、皇軍の名誉は守れましょう。とにかくそうすることが必要です。現地で自分は状況を把握しておるつもりです」と藤木が尚も主張すると、

「藤木参謀」と安達が口を挟んだ。「それだけの兵隊をことごとく壊滅させた作戦指揮を、他なら

ぬ君自身がとったのだろう。その失敗の責任を感じているのか」

「だからこそ全面的な転進を主張しているのです。参謀の責任の取り方は、それを克服する新しい作戦を打ち立てることであります」

「海軍の独走を云々する君だが、君自身の独断も目に余るものがある。私の管轄である第十八軍の南海支隊に向けて、七月、勝手にモレスビー攻撃命令を出したゞろう。大命に基づく大本営の決定だとして。陛下の御名前を出せば、全てコトは決定される。しかしそれは君の作り事だった。南海支隊の『独断専行』を大本営も追認することゝなったが、そういう形で作戦に入った南海支隊が今どういう状態でいるか、その責任についてはどうなのだ?」と安達は彼にしては珍しい鋭い視線で藤木を見つめた。

「ニューギニアは、米豪軍主力がこの戦争の挽回に向け、突破口にしようとしている最重要戦線になりつゝあります。そのために第十八軍が創設され、安達中将が司令官となられたのでありま す。南海支隊もその麾下に入っております。ニューギニア戦線で勝利を収めることこそが、モレスビー作戦の責任の取り方であり、それ以外にはありません。司令官閣下に今更申し上げることではありませんが、一支隊の命運はそれこそ鴻毛《こうもう》の如し、従容《しょうよう》として悠久の大義に生くる悦びとして受け入れるべきであり、戦争ではよくあることであります。その一つ一つに過度の感情移入は禁物であります」傲慢さを感じさせる歪んだ藤木の口元に笑みさえが浮かぶのを、安達はぼんやり眺めながら、これが作戦の神様と言われる参謀なのか、「死に神様」の間違いではないのかと思う。この男の行くところ必ず大作戦が展開され、夥《おびただ》しい数の戦死者の山が累々と積まれる。大陸でもそうだった。南太平洋でもぺらぺらと人を煙に巻いて作り上げた筋書きで、無駄に死んでいく者の数を比類無い規模で増やしていったに違いなかった。

「判っとるよ。君ほど冷血を保てるかは保証できんがね」と安達が答えると、

「お言葉ですが、自分は自分を熱血漢だと思っております。自分を信頼し支えてくれる同志は大本営をはじめ、様々な部署に確実に存在しております。安達閣下におかれましても、どうかその点をお含み置きいたゞきたくお願いゝたします」と藤木は厚顔にも自己宣伝を展開した。人脈の強さを示したいのだろう。それがあったればこそ、彼のこの地位は保っておられる。そんなことは今更言われなくとも判りきったことではないか。軍の官僚機構に寄り添ってこそ、彼の傍若無人は許される。それを盾に何万という人々の命を己の手の平一つに委《ゆだ》ねさせられる。こんな男と戦局を語っているより、激戦が伝えられているニューギニアの前線に安達は早く向かいたかった。

「今村さん、私は第十八軍の司令官です。第十八軍を構成する南海支隊・歩兵第百四十一連隊、独立工兵第十五連隊、野戦高射砲第四十七大隊等は現在ニューギニアのブナ・ギルワ地区に於いて激しく戦闘中であります。一刻も早くニューギニアに渡りたい。そうすべきであると考えておるのですが、できないものでしょうか」と今村に告げる。

「安達さんの気持ちはよく判るがね」と今村は言った。「総軍司令官が行く時はそれなりの準備が必要だ。海を渡るには艦隊も用意して貰わにゃならん。第十八軍として朝鮮から第二十師団、華北から第四十一師団、広東から第五十一師団がこっちに向かっている。どれも精鋭部隊ばかりだ。安達さんにニューギニアに渡って貰うのは、第五十一師団がラバウルに到着してからだ。北支生

活が長く続いたあなたには、それまで南海の生活をよく知って貰うことだな。自給自足の日々をさえ覚悟すなければならんかもしれないいんだから」遠くを見つめるように今村は語った。

それから二ヶ月。安達のもとへは、悲惨な戦況報告が積み重ねられるばかりだった。制海権制空権を奪われたガダルカナル島は補給杜絶となり、日に四十名の兵士が餓死するという状況が続いた。結局藤木参謀の言葉通り、ガ島から「転進」する大命が、昭和十八年一月四日付けで発せられた。撤収作戦に当たるべく矢野大隊七百五十名が駆逐艦五隻に分乗しラバウルを出発したのは一週間前。ニューギニアではパサブァに続いてブナの守備隊が玉砕し、残った日本兵はかろうじてギルワ周辺に集結している。香港から船団に別れて出発した第五十一師団は、到着した部隊から増援としてニューギニアへ送られることはあったが、全体として未だそろわず、安達は焦燥にかられながら彼らが全て到着するのを待っていた。そんな折り、南海支隊から使者がやってきたという。三名の護衛兵は別に残して二名の将校が十八軍の参謀たちの前に通された。後ろで安達はやりとりを観察する。ニューギニアから帰還したその中尉と少尉の異様な有り様に眼が行った。戦闘帽から軍靴に至るまで、まともな物は一つもない。破れ汚れ解体し、身についているだけの襤褸《らんる》と化していた。これ以上なく痩せこけた身体に青黒い皮膚がこびりつき、眼だけが肉食獣のように光っている。

「歩兵第百四十四連隊の軍旗を命令によりラバウルの新連隊長のもとに届けにまいりました」と抱えていたケースから震える手で軍旗を取り出した。焼け焦げの入った軍旗はこうむってきた艱《かん》難《なん》を示しているようだった。

「南海支隊三代目の小田新連隊長は既にギルワに向けて出発しておるぞ。行き違いになったな。軍旗を安全な後方地域に戻せという命令は出したが、わざわざラバウルまで戻すことは無かったがな」と参謀の一人が答えた。それを聞いて崩れ落ちそうになる二人に、「まあいゝ。軍旗はおっかけで小田連隊長に届けよう。しばらく温泉にでも入って休め。ところでお前たちにその命令を下したのは誰だ?」と参謀は言った。

「連隊長代理として指揮をとっております第一大隊長の矢本武生少佐であります」

「そうか。ご苦労だった。下がってよろしい。」そう言って参謀は軍旗を受け取った。ニューギニアからの将校の姿が見えなくなった後、参謀は、「しばしば話題に上る矢本少佐ですよ。まあ、今回は命令の拡大解釈ってところでしょうがね」と安達に告げた。

第二章

一月十日　ギルワ

遠くで太鼓を連打するような発射音が聞こえる、と直ぐに空を突き裂く風の絶叫が起こり、頭が破裂したように世界が真っ白になる。金属質の耳鳴りが痛みとなって頭に響いている間、白い世界が赤茶けた泥の色に変わり、塹壕の土壁が崩落する光景が眼に入ってくる。泥に埋もれた塹壕の足もとは一尺以上も水がたまっていて、掩蔽《えんぺい》壕を結ぶ連絡壕に水はつながり、どぶ川のようによどんで続いている。その泥水に浸かりながら、砲撃の間中、人一人が入れるタコツボで身体を固くし、じっとしている。砲弾は数十発は続けて飛んでくる。一日数千発撃ちこまれる時もある。当たらぬようにと祈る気持ちは最早失せた。たゞ、タコツボでじっと耐えている。脈拍が異様に昂ぶり、狂気に至る境界線で恐怖におのゝいている。兵士の行動をかろうじて持続している。それだけだ。どうせならいっそのこと、直ぐに砲弾に当たってしまえという気持ちが沸き上がってくる。一刻も早くこの地獄から抜け出したいという思いが抑えがたい強さで込み上げてくる。

そして実際、これ以上掩蔽壕にこもるのを止めてしまう兵士も出てきていた。塹壕の盛り土にあぐらを組んで座りこみ、さあ、当てい！　殺せい！　まだ生きちょるぞ！　悔しかったら当てゝみい！　と、飛来する砲弾に向かって叫びわめく者が出てくる。仲間の兵士が塹壕の中に引きずりこむか、それが間に合わない場合は、血しぶきと共に肉片を四方に飛び散らすことゝなった。十一月からこの掩蔽壕に立てこもり、既に二ヶ月以上が経過している。

サナナンダに続く道とキラートンに続く道が合流する地点に築かれた西南陣地。ソプタ方面から攻撃してくるオーストラリア軍にとっては、どうしてもこゝを攻略する以外にはない。周囲は幾つもの幹がからまって大きな樹となっている榕樹やマングローブ、巨大なムカデが周囲に脚を伸ばしているようなサゴ椰子、ナイフのように鋭い葉を持つクナイ草等々で覆われた一面の湿地帯で、人の踏破する道としては、丸太で補強され固められたこの道を使うしかなかった。二ヶ月の塹壕戦で浴びせられた砲撃によって、一帯の樹木はことごとく倒され焼け焦げ、鬱蒼としたジャングルから景色は一変していた。人間の力で破壊し尽くされた累々たる森の残骸。無秩序に重なり合う倒木と泥土。その下に日本軍は椰子の丸太やドラム缶を使った何百もの小さなタコツボを構築し、その内側で息を殺して存在し続けていた。上空にはアメリカマークを派手に印した観測機が砲撃地点を探るべく、ゆっくりゆっくり旋回する。手を出すことはできない。自分たちの居場所を知らせるだけだから。仮に鉄砲の弾が当たったとしても彼らの鉄板はそれをはね返してしまう。

友軍の戦闘機はどうしたんじゃろうのう？　ニューギニアに来てから未だ一度も見ちょらん。

太い日の丸つけたゼロ戦を見たいのう。機動部隊は何をしちょるんじゃろう？　よく耳にしたそういう文句は今や口に出す者もいなくなった。無敵連合艦隊の颯爽《さっそう》たる登場を待ち望む声も無くなった。それどころか、海岸線を伝って北上してきた米軍の攻撃によって、日本軍陣地はばらばらに分断され、西南陣地への補給線は途絶えてしまっている。この二ヶ月間、給与と言えるものは全く無い。と言うより、ニューギニアに来て以来、常に兵隊たちを襲っていた問題は食料補給の困難さだった。

腹が減っては戦《いくさ》はできないと言うが、飲まず食わずで激戦を戦い抜いてきた。この西南陣地の指揮をとる矢本武生は歯ぎしりする。頬髭の上に狼のように光る眼を持つこの少佐は、歩兵第百四十四連隊第一大隊の隊長で、南海支隊には編成された十六年から所属していた。グアムを経てラバウル占領までは極めて順調な戦争をしていたが、五月の珊瑚《さんご》海海戦ではニューギニアに上陸できず、七月になってやっとゴナ海岸に上陸した。それからの半年、ニューギニアでの毎日は、悪い夢にうなされ続けているような日々だった。山行かば草むす屍《かばね》の言葉通り、彼の大隊は、ゴナ上陸時の三分の二の兵隊たちの死体をオーエンスタンレーの山脈とそれに続くジャングルのうちに残してきた。葬られることなく放置された屍の無残な姿は、余りにもむごたらしく、思い出すだにおぞましい。

「初年兵！　水を持って来い！　上等兵殿の喉《のど》が乾いておるぞ！　いつまでもぐずぐずして来よらんと、ビンタがとぶぞ！　畜生め！　それにしても、ひもじゅうてならん！　ひもじいのう！ひもじいのう！　おい、なんじゃい、その格好は！　裸じゃろうが。皇軍はどねぇに重い荷物じゃろうと背負うて山登り、山登り、芝刈りじゃあ！」狂った上等兵の声が聞こえる。今時、初年兵なぞいない。ポートモレスビー攻略に出発する時、木こりが使うような笈《おこ》い子を各自作り、八升の米をそれぞれがかついだ。その時のことを思い出しているのかもしれない。結局その米がこの半年間の糧食のほとんど全てとなった。計算では二十日分の食料の筈だった。それがもう半年経過している。上り下りを限りなく繰り返す峻険な山道は馬も通さず、熱帯雨林の中、余りにも長い距離の補給線は限られた人数の人間の肩で担《にな》えるものではなかった。蚊、ハエ、蟻、ヒル等、無数の虫の大軍が兵士を襲った。マラリア、デング熱、赤痢、熱帯性潰瘍《かいよう》等の病魔は襲撃の手をゆるめなかった。大陸では糧秣《りょうまつ》の現地調達は常習だったが、未開のニューギニアの地では、それを望むべくもなかった。飢えと病は全兵士の身体を覆った。イオリバイワに到達した九月中頃まではそれでもポートモレスビーに着けば食料は手に入るという思いで、日本軍は緒戦の勝利でもってなんとか道を切り開いてきた。しかしポートモレスビーの光が見える地点にまで達した時、司令部から発せられた撤退命令。それ以降は惨憺たる撤退行という形になってしまった。敵との白兵戦は苦にならない。むしろそれこそが日本陸軍の最も得意とするところである。しかし何と言っても、飢餓。これだけはどうにもならない。

「大隊長殿、スシを隠しておられますか？」と聞く声がする。矢本が驚いて振り向くと、中隊長の少尉が笑いを隠しきれない嬉しそうな表情をしている。

「そんなもん、あるわけないじゃろが」と吐き出すように言うと、

「大隊長殿は持っておられます。自分は承知しております。大隊長殿はえゝめにおうとるんじゃ。

しゃあけど安心してつかわさい。絶対に秘密は守りますけん。ちょびっとだけ、ほんのちょびっとだけ、私に食べさせてつかわさい」と手を合わせる。

「気を確かに持つんじゃ。考えてもみい。こゝにスシなぞあるわけがない」と眉をしかめると、視線を矢本からそらして、

「えゝなあ。マグロにハマチ、イカ、タコ……、よろしいなあ。死ぬ前にちいとだけでも食べられたら、どげぇに嬉しかろうに。……罪なお人じゃ」と小さな声で言って、ぼろぼろと涙をこぼし始めた。矢本はこれ以上受け答えする必要の無いことを悟った。この少尉も狂っている。上官を誣告《ぶこく》する気はないのだろうが、果たして使いものになるだろうかと訝《いぶか》り、

「日本に帰ればたらふく喰えるよ」と慰みを言ってみた。

「そうじゃねえ！　そうじゃねえ！　日本に帰れば腹一杯スシを喰えるんじゃけんねえ！」と彼は繰り返した。これなら大丈夫だろう。たとえ虚妄の会話であろうと、受け答えが成立している。これがあれば、やっていける。どこまでもいつまでも一緒にやっていく気持ち。我が軍の兵士に求められているのは最早これだけなのかもしれない。撤退命令以後、各部隊は司令に従ってそれぞれに部隊行動をとってきたつもりだった。しかし一切の補給が無いまゝ、地図も定かでない錯綜した地形の中で、部隊間の連携行動は困難を極め、部隊内を統率することでさえ難しくなった。入り組んだ前線は思いもかけない瞬間に戦闘を余儀なくされることがあった。隊列は長く延び、落後していく者は後を絶たなかった。それでも矢本はこうして三分の一の兵隊を連れて海岸近くまで戻ってきたのだった。上からの指示をあおぐ余裕のない作戦展開もしばしばあった。独断専

行と指摘されても仕方ない場面もあったろう。しかし矢本にとって、それはそれしかあり得ない行動だった。一緒に行動できるものなら何が何でも一緒に行動する。これがこゝにいる彼らを支えている僅かに最大公約数のような気持ちなのだった。

塹壕の中は餓鬼の群れだ。しかもその誰もが瘴気《しょうき》にかられて瘴癘《しょうれい》を患っている。マラリア原虫や赤痢アメーバが猛威をふるい、高熱にうなされる者、下痢に苦しむ者でいっぱいだ。飲み水は足下の泥水と変わらず、しかも塹壕の中で穴を掘って用を足すしかない状況の中では、糞尿がそれに混じり、悪臭が鼻をつく。炎天に腐敗してゆく死体の臭いがそれに加わって、塹壕は異臭で充満している。糞も泥も一緒にして手でこね回しながら、ぶつぶつ呟いている者もいる。「大地は命の源じゃき、こうやってよう耕して、こじゃんとお祈り申し上げれば、天皇陛下様は恵みの作物を与えてくださりますっちゃ。天の下しろしめ給いし天皇陛下様。陛下様は、大地に生くる一木一草に至るまで御心を通わせ、わしら股肱《ここう》を見守ってくだすっておいでなんだ。もったいないのう。本当に素晴らしいことぞね。綺麗じゃろう？　大地じゃ。この大地が命の源なんちゃ……」身体中にハエがたかっている。ハエはウジが育ったものだ。塹壕の中はウジもいっぱいだ。勿論死体にウジがわく。真っ白になるほど身体全体を覆う。しかし生きている人間にもウジがたかる。目元や鼻に白く蠢《うごめ》く。「ほう、米じゃ。白い米がようけおる。米を授けてくださりましたんじゃね。恩賜の米やき。ありがたいことじゃ。ありがたいことじゃ」と拝みながらウジを口に入れる。この男もまともではない。

まともでもウジをありがたがる人間を矢本は知っていた。軍医の柳井玄太少尉だ。矢本も柳井も大正七年生まれの二十五歳だったが、矢本は岡山県師範学校中学、柳井は岩手医学専門学校を卒業し、そのまゝ入隊、幹部候補生となった。矢本は昭和十五年に香川県善通寺の第五十五師団入隊後、翌年編成された南海支隊に所属した。柳井は久留米歩兵第四十八連隊で訓練を受けた後、独立工兵第十五連隊に軍医として任官、広東屯営を経て南海支隊の指揮下に入った。二人ともラバウルからこゝまで、同じ戦場で同じ南の太陽に焼かれながら同じ空気を吸って生きてきた。

イオリバイワで撤退の指令が出、戦いの趨勢《すうせい》が決定的になった時、幹部将校の中には「陸大受験のため」とか「定期の人事異動」とかと称して日本に帰国する者たちが出てきた。矢本の前任の大隊長もその一人だった。矢本の口から、「ふざけるな！」と標準語で罵《ののし》りの言葉が出てきた。大日本帝国の運命がかゝっていると評される最前線で、戦死者も続出しているその時に、その前線の大隊長が陸軍大学を受験して何の意味がある。万骨枯る中で一人将となって事足れりか。その言葉をその士官にぶつけると、「全く君の言うとおりだよ」と彼は答えた。「敗残の戦いから逃げ出すのさ。そういうことだ。誰だって自分の身が可愛いんじゃないか。君にしたって師範学校を卒業してから、直ぐ入隊し幹部候補生になったのは、兵卒でいるよりもずっと楽だと踏んだからなんだろう。士官と兵卒では天と地ほどの違いがあるからな。機会があればそれにしがみつくのは当たり前さ。ポートモレスビー攻略作戦、藤木参謀の独断で始めたそうじゃないか。餓死者が続出するようなこんな消耗戦、とてもやっていられないよ。悪く思うなと言っても無理だろうが、後は任せたから、せいぜい武勲をあげてくれ」そう言い残して去って行ったのだった。

「なんて奴だ！」その場に居合わせた柳井軍医も舌打ちした。自身が病人であるかのような痩せこけた土気色の顔をしている。彼らが居たのは名ばかりの兵站《へいたん》病院で、これから死んでいく者、既に死んでしまった者が、ごろごろ転がっているだけの場所だった。糞尿まみれの泥水はこゝにも侵入し、息をしている者は丸太で作った長椅子等を使って、せいぜいそれに浸からないように試みるしかする術はなかった。「オーエンスタンレー山脈では敵機からの空中補給を横取りして、兵站病院には僅かな物があったが、今こゝには何もない。繃帯、脱脂綿、ガーゼ、何もない。消毒するものも防腐薬もない。薬もない。注射器も使いものにならない。これで何ができる。医者としてどんな役割を果たせばいゝのか。こゝにいる必要があるのか、俺だって考えてしまうよ。こんな所に誰だっていてはいけないんだろうな。しかし、こうやってみんなが手足をばらばらに引き裂かれて死んでいったり、気が狂っていったりしている中で自分だけ助かろうとは思えない」そう呟《つぶや》いたのだった。その柳井はウジを高く評価する。「ウジは余計なもの、汚いものを食べてくれるからね。そのまゝ傷口にたからせておけばいゝ。殺菌や化膿止めの役を果たす。われわれにはそれしか医療手段はないんだ」と言うのだった。

米豪軍は簡単には姿を現さない。不用意な白兵戦は死傷者の数を増すだけであることを知った彼らは、徹底的に砲爆撃を繰り返す。撃たれる側にとっては渦を巻く塵煙に息をつめ、揺れ動く地面にへばりつく狂気の時間。いつまでも続く地獄の緊張。それをやり過ごした頃、やっと敵兵はその姿を現す。砲撃で倒された大木や地表がえぐり返された跡等を使って身を隠しながら、前へ進んでくる。草木で擬装された日本軍の塹壕は、なかなかその存在を確認できない筈だ。自動小銃をしっかり握り締め、警戒心を身体いっぱいにみなぎらせながら、米豪連合軍は近づいてくる。未だ、未だじゃ、と矢本は敵を凝視しながら指示する。わしが、えゝと言うまで撃ってはならん。どうしたっちあわてたら、いかんぞ。声を潜めて繰り返す。その指示を耳にしながら、三八式歩兵銃を前にかゝげた兵士の一人が、豚肉じゃき、豚肉が我が陣地に近づいて来よる、と舌なめずりをする。しっ、静かに！　と唇に人差し指を当てた矢本は、未だじっとしていろと静止の仕草をする。縁《ふち》のついた鉄兜《かぶと》を被った完全武装のオーストラリア軍兵士が塹壕の近くを通る。続いて戦闘姿勢をとった格好の何人かゞ塹壕の横を通り抜ける。後ろの兵士が何かに気づいたように緊張した表情をこちらに向ける。今じゃ！　矢本が拳銃を発射した。続いて兵士たちが一斉に発砲する。銃撃戦が始まった。塹壕から身を出して射撃する者たちもいる。日本軍なけなしの機関銃が遠くの敵兵に向かって連射し始める。動いている敵兵を大急ぎで探し、銃弾を浴びせる。敵兵の動きが止まった。死体となって湿地に横たわっている他に、確認できる敵兵の姿はなくなった。よっしゃ！　豚肉がようけ転がっちょる！　そう言って塹壕を這い出ようとする兵士に、待て、待て、あの音が聞こえんのか？　と矢本は耳を澄まさせる。

　微《かす》かにごおっという不気味な機械音が聞こえる。戦車？　と兵士が息を呑みこんで矢本の顔を見る。矢本が頷くと、戦車じゃ！　戦車が来よるぞ！　と兵士は震える声で叫んだ。ブナ陣地を壊滅させたスチュアート戦車だろう。とうとうこゝまでやって来た。あれに踏みにじられたらこの陣地もお終いだ。しかし矢本はその対策も考えてあった。落ち着け！　作戦通りにやればえゝんじゃ。わしらには、未だ大砲が残っちょる！　そう言ってから、少し離れた塹壕に待機していた砲中隊に向かった。ぬかるみなぞ気にならないかのように塹壕内を急いで匍匐《ほふく》した。砲撃の準備をし始めていた砲中隊に、えゝな、こん時のために火砲を残しておいたじゃけ、もう在りかゞ知れてもかまわん。敵戦車を全部退治せい！　と、干涸《ひか》らびた頬で檄を飛ばす。戦車の通り道は明白である。周りの湿地帯は絶対に通ることはできず、補強されたこの一本の道を通って来るしかない。残った唯一の高射砲を水平に構えて対戦車砲となし、照準をそこに合わせた。

殷々轟々《いんいんごうごう》たる音を立てながら、砲身を真っ直ぐこちらに向けて星のマークの米軍戦車が登場した。グロテスクなその機械の固まりは、猛獣のような獰猛《どうもう》な動きで躊躇なくこちらへ向かってくる。狙いを定めた戦車砲がズドン！　と音をたて、火を吹いた。その瞬間、塹壕の一角が崩落した。早い。このまゝだと直ぐにやられてしまう。対戦車砲は未だ発射できないか、という思いが矢本の頭をかすめた時、大きな発射音が轟き、こちら側から砲弾が飛び出た。真っ直ぐ戦車の装甲貫通。思いがけずの強力な反撃に驚いて呆れ返ったように戦車は路上に立ち往生する。続いて一発狙いをそらした後、今度は二両目の戦車に砲弾が飛ぶ。砲塔部分に穴が開いて煙を上げ始めた。そこへ日本軍の肉攻班が口々に叫び声を上げながら襲いかゝる。銃剣や手榴弾、火炎瓶を手にした裸体同然の兵士たち。それが突然地面から躍り出、戦車によじ登り、天蓋を開けて手榴弾や火炎瓶を投げ入れる。応酬する敵兵に刃物で襲いかゝる。塹壕からも敵後方からもそれぞれを援護する銃弾が飛ぶが、戦車周辺は敵味方絡み合っての殺し合いとなり、結局誰もが血に染まって倒れる結果となった。破壊された二両の戦車の周りに血の池ができ、それに浸かって日本、オーストラリア、アメリカの兵士の死体が重なった。この日の米豪軍の戦車と歩兵部隊の攻撃はこゝまでとなった。矢本たちのいた塹壕に迫撃砲が乱射されたが、その時既に矢本らは場所を移動していた。

　夕暮れ近くなって、連合軍陣地から拡声機を使った宣伝があった。「日本軍の兵隊さん、毎日の戦争、ご苦労様です。あなた方はよく頑張りました。食べ物も飲み水も鉄砲の弾も無い状態で本当によく頑張っています。でもこゝまでにしましょう。連合軍は食料も水も弾薬もとても充分に持っています。日本の兵隊さんたちの勇気は判りますが、無駄な抵抗です。あなた方は全滅するだけです。明日あなた方はみんな死んでしまうでしょう。今のうちに投降しなさい。白旗を掲げて出てきなさい」とっぱあばあ、言いよるとみい。誰が投降しちゃろうにい、捕虜になるのは一番の恥じゃけ。死ぬのはお前らじゃけ、首を洗って待っとってしゃあ。日本兵はそういう気持ちで誰も聞く耳を持たない。

　日が落ちて、砲中隊から連絡があった。唯一の高射砲は水平射撃の無理がたゝって台座が崩壊、もうこれ以上の砲撃は不可能とのこと。それはもうこれ以上、こゝに踏みとゞまれないということを意味していないか。矢本武生は思いを巡らせた。

　その夜は月も無く戦場は漆黒の闇に包まれていた。スコールがひとしきり大地に注いだ後、いつも通りの暑さと臭気が辺りを覆った。熱にうなされる者、悪寒で身体が震える者、下痢の止まらぬ者、痒《かゆ》みや痛みで身をよじる者、無意味な饒舌《じょうぜつ》が止まらない者、笑ったり歌ったりの狂気を際限なく表出し続ける者……、誰もが飢えと渇きで死にそうだった。と、突然照明弾が打ち上げられ、昼間戦闘のあった場所が皓々《こうこう》と照らし出された。破壊され尽くした戦場で身を屈めて動作する幾人かの日本兵の影が見てとれる。

「日本兵、何をしている！　連合軍兵士の死体を運ぶな。われわれの兵隊を持って行くな！」という大音響が響いた。続いてばらばらと向こう側から射撃があった。暫くの沈黙の後、敵兵の死体をずるずると引きずった兵士たちが塹壕に戻ってきた。「白豚とってきたき、料して食べい」と感情を押し殺した声で言った。寄ってきた兵士たちが見守る中、銃剣を持った兵士が、この日一日で悪くなりかけた内臓部分を切り取り、食べられる部分と食べられない部分とに分別した。内臓を取り除けられた身体も丁寧にさばかれてばらばらの肉片に分解され、それらは差し出された兵士の手に少しずつ分配された。受け取った兵士たちは塹壕の片隅で背を丸めてむさぼり喰った。塹壕内で暫く沈黙の晩餐が続いた。

　その深夜、矢本は口に残る血の匂いを呑みこみながら、二人の士官を呼んだ。「第八方面軍司令部の指示に基づき、お前たち二人に命令する。栄誉あるこの歩兵第百四十四連隊の軍旗を、ラバウルに到着した新連隊長の許に届けよ。今夜、お前たちの他に数名の兵を選抜し、軍旗脱出護衛隊を編成し、直ちにラバウルに向けて出発せい。くれぐれも軍旗に事故のないように。第八方面軍司令部に到着した際は、この南海支隊がどげえに戦っちょるか、その現状を正確に報告すること」以上の命令を下し、復唱させ、ケースに入った軍旗を手渡した。

　命令を受けた兵士たちが準備を整え、軍旗脱出護衛隊として出発していくのを見届けると、矢本は、この西南陣地はせいぜい頑張って後一日か二日ぐらいだろうかと思う。結末は手に取るように思い描くことができた。陣地は死すとも敵に委《い》することなかれと戦陣訓にはある。しかしこのまゝむざむざ死に絶える作戦は受け入れ難かった。うまく撤退しなくてはならないと考えた。

そのような命令が出ていないからには、それが軍の方針に外れた行動になるのは判っていた。じゃけんど、それしかねえじゃろうが。矢本の中では、取るべき方法は決まっていた。撤退する。しかしもうこれ以上身体を動かせない者たちも大勢いるのだった。彼らを一緒に連れて行くのは不可能だった。こゝに残しておくしかなかった。矢本は全隊に総攻撃命令を出す。食料奪取に向けて、動ける者を全て動員して敵に総攻撃をかける。全兵士は敵に悟られないよう音を立てずに隊列を作り、指揮に従って行動せよ。そう言い渡した。最期の総攻撃。これなら容易に受け入れられる。皇軍のお定まりの作戦だった。兵士たちは自然にそれに従った。矢本をよく知る者の一部は撤退という作戦を感じとらないでもなかった。しかし疲れ切った兵隊たちは最早自分で考える力を失っていた。いつどこで死のうと大した違いはなかった。あるのはその場その場の反射的対応だけだった。食料奪って戻ってくるからな。見込みのない約束の言葉と手榴弾や小銃等、自決用の武器を残して、未だ明けやらぬ闇の中を海岸の方角に向かって隊は静かに進み始めた。

第三章

三月三日　ダンピール海峡

闇に包まれた洋上に発光信号が点滅した。「『雪風』『朝雲』帰還せり。船団警護に合流す……」

したゝるように潮の香りを含んだ夜風が艦橋に注ぎこむ。安達二十三は乗船している駆逐艦『時津風』の艦橋から、その白い点滅を眺めている。暫くの間に、その信号元はずっと近づいてきて、灰色に装甲された巨体が視界に現れる。『時津風』の直ぐ横を、艦橋をそばだて前後に主砲塔をどっしり構えた駆逐艦が二隻、大きな二本の煙突から煙を吐き出しながら通過して行った。艦橋や甲板にいる日本兵の顔が見えるようだった。これでまた八隻の駆逐艦が全てそろった、と安達は安堵の溜め息をつく。八隻の駆逐艦からなる第三水雷戦隊は、縦二列に並んで航行している今や七隻となった輸送船団の周りを取り囲む隊形で、針路を南に向けてダンピール海峡の波を蹴たてる。

三日前の二三三〇、ラバウル湾を出港した際、輸送船の数は八隻だった。それが、昨朝〇七五五のグロセスター岬北北西五十五キロ付近に於けるB17爆撃機十機の空襲によって、推定四十五番爆弾二発が命中、『旭盛丸』が沈められた。積みこまれていた一三八二人の兵員のうち九一八人を救助し、『雪風』『朝雲』に乗せラエまで運び、先行揚陸させた。その任務を終えた二隻の駆艦が今、三日〇三〇〇、船団に戻ってきたのだった。深夜である。この時間の空襲は先ず無いだろう。潜水艦や水雷艇からの攻撃を哨戒する隊形を整えたことを確認すると、安達は艦長の佐藤大佐と共にラッタルを降り、艦長室に向かった。

安達は茶褐色の開襟夏衣で、佐藤は白色の軍服を着ていた。途中佐藤は、無数の星がまたゝく南溟の夜空をいかにも不安げに見上げ、四十一機か、と首を振りながら呟いた。耳を澄ませば、頭上を警護する、編隊を組んだゼロ戦のプロペラ音が聞こえてくる。

「空襲が心配です」と艦長室に戻ってから佐藤は溜め息をついた。判りきったことではあった。この『八十一号作戦』を作成している時からそれはずっと指摘され続け、安達自身も一番気にかけている不安要因に違いなかった。航空戦力の不足。陸軍航空隊も勘定に入れて、この地でなんとかしなければならない課題だった。

「しかし、まあ、今までのところは上々の展開だろう」と安達は言った。『旭盛丸』は沈められたが、大半の兵隊を救助しラエまで運べたのは上出来だ。既に我われはニューギニアを間近に見、ダンピール海峡も終りの部分に入っている。今朝早くには目的地に着く。このまゝ行けば、この作戦は大成功に終ることになる。そう願いたいものだ」と言う安達の顔からも緊張の色は隠せなかった。

『八十一号作戦』は安達が強く主張して成立したものだった。第十八軍麾下の各師団は次々とこちらに到着していた。第二十師団と第四十一師団の先遣隊はこの一月から二月にかけてニューギニア北岸のウエワクに上陸していた。ポートモレスビーやブナの敵航空基地から遠いことがその場所の選ばれた理由だったが、今戦闘が続けられている前線からも、そこは九百キロも離れていた。昨年十一月から逐次ラバウルへ到着してきている第五十一師団は、ブナ、ギルワに於ける日本軍の破局的戦闘状況の中で急遽その一個連隊をラエに上陸させ、交通の要であるワウ攻略を狙った。しかしそれは敢えなく失敗し、投入された三千五百名の支隊は壊滅状態に陥っていた。

安達は元々、兵力の逐次投入という方法には反対だった。与えられた兵力をできるだけ一つにまとめ、充分な物質的準備を確保し、総力を挙げた作戦を展開したかった。それが作戦の基本であると考えていたし、どれだけそれに近づけられるのかゞ司令官の力量であると思っていた。しかしそうも言っていられない状況が続き、その場その場の対応で兵を采配することゝなってしまっていた。それで最後に手元に残された第五十一師団主力だけは、全兵力一丸となり、充分な武器弾薬食料をそろえた状態でニューギニアの最前線に上陸させたかった。

その安達の気持ちが『八十一号作戦』となった。第五十一師団主力の六九一二名の他に、大砲四一門、車両四一両、輜重《しちょう》車八九両、大発三八隻、不沈ドラム缶約三千本、燃料ドラム缶約二千本、弾薬一二四〇立方メートル、軍需品六千三百立方メートルなど約二千五百トン、海軍が第二十三防空隊二四〇名を含む約四百名と、大量の兵と物資を輸送する作戦だった。これだけはどうしても必要と安達が見積もった物量だった。厳重な護衛も安達が執拗に海軍に求めたところだった。南太平洋海戦やソロモン海戦を歴戦した艦等、駆逐艦八隻を集め第三水雷戦隊を編成し、輸送船団の周囲を囲む。航空機もラバウル、カビエンに展開する各航空隊から合わせて百機以上の支援が望める手筈が整えられていた。

それなのに現状はどうか。燃料等の都合もあり、全てが一時にそろった飛行は不可能ではあろうが、少なくとも五十機以上は上空にいて貰いたいと願う佐藤だった。

「昨日の空中戦でのゼロ戦の損耗率が気になります」と佐藤は暗い顔を更に曇らせて言った。「敵爆撃機と戦闘があって後、我が方の航空機の稼働が急激に減っています。今日は昨日よりずっと激しい空襲が予想されます。大丈夫かという不安でいっぱいです」

「君の不安は判るがね」と安達は笑った。「心配しても仕方ないだろう。海軍にしても最大限の動員だろう。これ以上我われにどうしようもないのだから、後は天命に頼むしかない」そう言って安達は艦長室のソファーに深く腰掛け、眼をつぶった。

『時津風』の直ぐ横、輸送船が縦に三隻並んだ第一分隊の一番後ろを航行しているのが『神愛丸』だった。船齢二十一年というだけに、船体の所々に赤サビが目立ち、速度を上げた時にがたがたきしむ等、老朽化が著しかった。一〇一三人の兵士と軍需物資を運んでいたが、舷側沿いに設けられた木造簡易便所の群れからは、直接糞尿が流れ落ち、船腹は汚水の色と臭いで鼻をつまむ程に染まっていた。甲板には高射砲二門と機関砲四門が船砲隊の兵士と共に上空に向かって眼を光らせており、その他乗船部隊の様々な種類の火器や車両が所狭しと並べられていた。狭いタラップを降りた船艙はカイコ棚のような棚で仕切られており、高さは胸ほどしかなく、頭を上げて歩行できない。そこに一坪七名の割合で完全装備の兵士たちが詰めこまれている。湿度と温度はとつくに耐えられる限度を越えており、壁や天井から水滴がこぼれ、中の空気は霧がかゝったようによどんでいた。体臭と異臭が充満し、息をつくことさえ苦しかった。誰もが、終わりある一時の輸送という慰めを自分に言い聞かせて耐えていた。その終わりがどういう形で現れるのか、それは考えたくなかったが、どうしてもそればかりが頭の中を回転するのだった。沈められるのではないか、この身がこの洋々と広がる南海の藻屑と消えてしまうのではないか。その不安は片時も離れなかった。輸送部隊は、通常の部隊を横断するような形で編成されており、様々な兵科の兵士がそれぞれの船に混在していた。言うまでもなく、撃沈されても支障をできるだけ少なく抑えようという腹づもりからである。

歩兵第六十六連隊第三中隊の石村三男伍長は、タラップ下にある一ますの隅で海老のように身を屈めて横たわっていた。鉄梯子のタラップは甲板の便所前に並ぼうとする兵隊たちで始終混雑していて、諍《いさか》いが絶えなかった。自分とは無関係ないざこざに巻きこまれないよう、石村は耳を塞ぐようにして寝ていた。こんな時は何も聞かず何も言わないでじっとしているのが一番だった。諍いのほとんどが星の数や飯盒《めんこ》の数をかざす恫喝がらみだった。軍隊はこれで何事も決着する。これが全ての世界だった。金の一本線に星一つという階級章と二年半の古年兵という石村の年功は、肩身の狭い思いから彼を救っている。叩き上げの下士官ということで、兵卒が受ける奴隷のような理不尽な扱いは最早受けなかった。

石村が入営した昭和十五年の秋、第五十一師団は宇都宮にあった。翌年、関特演（関東軍特殊演習）のため満州に派遣され、九月には華南に進出した。そこで第二十三軍に編入され、歩兵第六十六連隊基幹の荒木支隊として香港の戦闘に参加する。その後も第二十三軍の麾下として広東に駐屯していたが、昨年秋、突然第十八軍に編入された。第五十一師団兵士たちにとって南方派遣はありがたい話しではなかった。ガダルカナルの惨状は、誰が言うでもなく兵士たちの口の端に上り、開戦一年目にして南太平洋の戦争はこれまでの戦争よりずっと困難なものであるとの認識が日本軍の間に広まっていた。南沙《なんさ》から乗り込んだ輸送船が針路を南に向けた時、精悍に黒光りする兵隊たちの顔には暗澹たる陰りが宿り、失望の深い溜め息がもれたのだった。敵潜水艦の魚雷攻撃をぴりぴり警戒しながら航海する、カイコ棚にうごめくカイコより悪い状態は耐え難いものではあったが、内務班以来の制裁と恐怖の支配でこれを乗り切り、輸送船は発揮できる能力の限りの速度で太平洋を南下し、一ヶ月でラバウルに着いた。

靴の底に踏んだ黒い火山砂の島は、しかしなかなかの楽園であった。時折、敵からの空襲があったが、味方の飛行場から飛び立つ日の丸鮮やかな航空隊の活躍や、至る所に張り巡らされた強烈な対空砲火によって、しっかり防御されていた。当初は直ぐにニューギニアへ上陸するという話しだったが、一ヶ月経ち二ヶ月経っても作戦は開始されなかった。その間、揚陸訓練や洞穴掘り、時には農地開墾等、絶え間なく労働は続いたが、それでも仕事の済んだ後や週に一日は休みで、比較的余裕があった。石村は自分の分隊を引き連れて、東飛行場の先にある花吹温泉へトラックでよく行った。頭が半分吹き飛ばされた活火山の花吹山を左手に、緑の堤防のような松島を右手に控えた松島湾は緩やかに円弧を描いた静かな入り江である。温泉はその黒い砂浜から湧き出ていた。イオウの匂いを立てながら砂を黄色く染めて流れる高熱の湯は海に注いで、ちょうど良い温度になる。湯加減の良い浜辺を浮き綱で囲って入浴場としてある。風呂屋のペンキ絵ならぬ本当の大海で湯に浸かり、静かに寄せ来るさゞ波を感じ、後ろにどっしり構える黒い活火山を海風を通して眺めると、ええなあ！　と言う声が出てしまう。時々ゼロ戦の編隊が眼前低く横切ったりすると、「えんがみることだわ。だいじけ?」ご苦労なことだ、大丈夫かなあ、なぞとまるで自分が部外者になったような気分で心配するのだった。

東飛行場を挟んで温泉とは反対側の街中に南京街の一画があり、そこには慰安所があった。石村はこの短い期間に五回通った。死ぬ前の最期の慰安というような大層なものではなかった。たまりにたまったものゝ排泄作用という表現が当てはまる自然現象に近かった。しかし最初の日に当たったナツという女が良かった。商売女を思わせぬ楚々とした風貌でありながら男の扱いは手慣れていて、文句の付けようがなかった。毎週のように通う石村にとって、することは同じことの繰り返しに過ぎなかったが、ナツの存在は次第に頭を大きく占めるようになっていた。寝ても覚めてもというほどではなかったが、心地良い思いというような感覚は、僅かにナツを思い出す時だけに抱くようになっていたから、いきおい彼女の姿を思い描く時が増えていた。こうしてラバウルでは幾分弛緩したような時を過ごしていた。

しかし『八十一号作戦』が正式に発令され、いざニューギニアに向けて出発するという段になると、突然に発狂する兵士が続出した。制空権と制海権を失っている状況でこの作戦の成功率は一パーセントも無いという情報が出回ったせいもあったろう。発狂の様相は深刻であり、敵前逃亡のためにする仮病であるとは考えにくかった。仕方なく発病者は出陣から外されたが、それが次の発狂者に火をつけることになった。発狂は別に不自然ではない。元々の精神の強さ弱さが試されているだけだと判断され、続けて出現した発狂者たちは全てラバウルに残された。兵士たちをニューギニア上陸から離脱させ得るのは発狂だけだった。

今、輸送船『神愛丸』の船艙で悪気《あっき》と悪臭に包まれ、ヒトを翻弄する大波に揺さぶられ、恐怖の混じった憎しみの喧噪を耳にしながら、カイコ棚に寝転ぶ石村三男の意識は発狂しないまでも尋常ではなかった。何事も考えるまい感じるまいと全てを拒否し、その一方で、ナッちゃん、ナッちゃんと、それればかりが空ろに頭の中を回転していたのだった。

三日払暁《ふつぎょう》〇五二八、航海薄明。安達は艦橋から、やっと見えてきた水平線の輝きを眺める。右手には黒くニューギニアの山脈が望めた。何度も心の中で描いたニューギニアの大地が広がっていた。こっそり通過してきたダンピール海峡もフィンシュハーヘン東方海域を過ぎ、ラエ沖フオン湾に近づいている。天気は快晴。あと少しで作戦は成功裏に完了する。四時過ぎに敵B17がゼロ戦群の遙か上方の高高度で飛び去ったという報告があった。偵察機だろう。敵の電測も優秀である。敵は日本軍の動きをとっくに補足していると考えた方が間違いはないだろう。現在頭上で銀翼を連ねているゼロ戦は二十九機。ラバウル東飛行場から二十一機が大急ぎでこちらに向かっているところだった。次第に明けてゆく大空と、山肌が現れてくる峻険なニューギニアの山脈を眺めながら、航空隊よ間に合ってくれ、船団よ早く到着してくれ、と安達二十三は祈るばかりだった。

○七二三、敵ボーファイター十機が編隊を組んで来襲。重量感のある双発エンジンが耳を聾する轟音をかき立てゝ、船団に襲いかゝった。追撃するゼロ戦。敵の二十ミリ機関砲による機銃掃射は船団に配備されている船砲隊兵士たちの身体を無残に打ち砕いていく。ほとばしる血液、飛び散る残骸。それでもゼロ戦の執拗な追撃にあって、ボーファイターは爆弾を船団に当てることなく飛び去っていった。
○七五〇、駆逐艦『白雪』より南方上空に大編隊発見の報が入る。
○七五五、Ｂ17爆撃機十八機が到着、高高度から爆撃を開始する。ゼロ戦迎撃。空の要塞とも呼ばれているその爆撃機一機と護衛に当たっていたＰ38戦闘機二十機のうち三機を撃墜し、爆弾を船団に命中させなかった。同時刻、ボーファイター十三機が低空から侵入。駆逐艦と輸送船に機銃掃射。上空よりゼロ戦十二機が迎撃に下降するが、今度は双垂直尾翼のＢ25爆撃機十三機が現れ二千メートルの中高度から爆撃をし始める。
　敵の爆撃機と戦闘機で空が埋まっていく形勢になりつゝあった○八○五、待ちに待ったゼロ戦二十一機が到着、高高度の迎撃に当たる。それとほゞ同時、高高度には戦闘機を配して、Ｐ38に護衛されたＢ25爆撃機十八機、Ａ20攻撃機十二機等が船団の正面、左方、右方のそれぞれ別の方向から超低空水平爆撃を開始した。

　これが敵の主攻撃であった。高高度で戦闘機やＢ17がゼロ戦の下降を食い止めておいて、高度十メートルの超低空から海面に続けざまに爆撃機や攻撃機が爆弾を投下していった。爆弾は水面を飛び跳ねながら目標の舷側に命中した。反跳爆撃。この結果、船団から次々と爆発する火災と煙が上がる。
○八○八、『建武丸』が轟沈したのを最初に、僅か二十五分の間に輸送船七隻全部が被弾・炎上、駆逐艦は『白雪』『荒磯』『時津風』が被弾・航行不能となった。
バリバリと機銃掃射が船体を破壊していくのを眼にした時、石村三男は飛び起きて、タラップに向かった。爆弾命中から沈没まで数分持たないと聞かされていた。船艙にいたのではとても助からない。血糊でべとつく鉄梯子を伝って外へ出る。真っ赤に濡れた甲板にはカーキ色の兵士たちが折り重なるようにして倒れていた。無数の弾痕が船体の至る所に走っていた。銃弾の飛び交う大空は飛行機や船舶の炎上から出る黒雲や火薬の爆発で汚れ、射しこむ日の光が遮られ、曇天のようだった。その空から、獰猛な声でわめきたてゝ鼻面から突っ込んでくる狂牛のような敵戦闘機ボーファイター。通過と同時に涎《よだれ》のように銃弾をまき散らしていく。船から、まだ辛うじて生き残っている機関砲が迎撃する。敵機があまりに海に近接して飛来するので、弾がその方向に向けきらない。次の瞬間には続いて飛来した敵戦闘機によって銃弾が豪雨さながらに注がれ、機関砲は文字通り粉砕されてしまった。甲板上にへばりついて生きている兵士が手持ちの火器を空に向けて応戦する状態の中で、透明な前部から機銃を乱射しながら接近してきたA20攻撃機が、重そうな爆弾をずしんずしんと反跳させ、後部機関室上で爆発させた。はらわたが縮み上がるような爆発音があってから『神愛丸』は大きく揺れ動き、きしんだ状態で停止した。

見ると、船団の多くの船から赤い炎と黒煙が出ている。駆逐艦『時津風』も爆弾が命中した後浸水し始めたようで、隣りで完全に停止している。

〇九〇五、旗艦『白雪』が弾薬庫に爆発をおこし艦尾が切断、沈没した。それを最後の狼煙《のろし》にでもするかのように、燃料の関係もあるのか、蚊とんぼさながらに頭上を舞っていた飛行機の姿がすうっと消えた。護衛に当たっていた筈の味方機もその存在をなくしていた。海上には、燃え上がり悲鳴をあげ続ける船舶の断末魔が残されているだけだった。

生き残った五隻の駆逐艦が救助に当たる。安達中将以下第八方面軍司令部要員が、『時津風』から『雪風』に移動していくのが見えた。しかし沈没した船、炎上する船に乗っていた者たちの多くは未だ、重油の浮いた海上に投げ出されたまゝ疲弊して救助を待っている状態だった。そこへ一三〇〇、B17爆撃機十六機、A20攻撃機二十機、B25爆撃機十機、ボーファイター十五機、P38戦闘機十一機が来襲、海中に浮かぶ人間には機銃掃射、船舶には爆弾を思う存分に浴びせた。爆発と炎上で燃えさかる海は阿鼻叫喚地獄と化し、この時点で船団はほゞ壊滅した。

炎上しながらも艦上に留まっていた石村も、四発目の被弾で沈没する『神愛丸』から海中に飛びこんだ。一端水底に引きずりこまれたが、突然水面に顔が出て意識が戻った。血と油で黒くよどんだ海には炎が映り、そこを黒く汚れた兵隊たちが必死で何かにすがりついて呻《うめ》いていた。空からの銃撃にやられ浮いている死体もあった。黒い海に浮かびながら、石村は、耳をつんざく爆発音と共に次々と沈んでいく船舶の死に様を目撃する。輸送船は八隻全部が沈んだ。

恐ろしいほどに空しい最期だった。七千を越える兵隊はどうなったのだろうか。少なくとも既にその半数以上の姿はもう無かった。ニューギニア上陸を目前にして一瞬にして消滅したのだった。兵器、弾薬、車両、機材、食糧……、あらゆる物資が海没した。日本軍が総力をあげて運びこんできた物資だった。それを全部なくしてしまった。ダンピール海峡の南端で、兵士たちは自分が生きているのか死んでいるのか判然としないほどに疲労困憊《こんぱい》して海に浮かんでいた。時折敵機が飛来し、いたぶるように機銃掃射を浴びせていった。生き残った者の数が減り、死者の数を更に増すことになった。

『朝潮』も沈められ、『八十一号作戦』でかろうじて残存し得たのは四隻の駆逐艦だけとなった。それらは敵機の攻撃を避けながら終日救助活動を続けた。石村三男も駆逐艦『雪風』に助けだされた。艦上には安達二十三中将の肩を落とした悄然《しょうぜん》たる姿があった。

第四章

四月十七日　ラエ

「良かった！　気づきましたか？」と柳井玄太軍医が笑顔を浮かべた。陸軍野戦病院の、雑板の上に毛布を敷いたゞけの寝床に横たわる矢本武生少佐が、やつれた顔面にようやく開いた眼を不安げに向けてくるので、「三日間昏睡状態が続きました。危ないところでした。脳に異常は感じないでしょうね」と聞いた。

「頭が痛い」と矢本が顔をしかめると、柳井は念のためと言うように、

「三日経っているとしたら、今日は何日だか判りますか」と聞いた。

「来て直ぐに意識を失ったんじゃから、四月十七日じゃろか。明日は日曜日……」と矢本が引きつけのような笑いを浮かべると、

「そうです。日曜日です！」と柳井も笑った。郷里に妻子を残してきた柳井にとって日曜日という単語には、残してきた者たちにつながる温かさのような感触があった。家族は実家の両親と弟

妹だけで、未だ独身の矢本にしてみればこれまで地方にあっても日曜日など無関係の生活を送ってきていた。勿論、戦地にあっては日曜日も何もあったものではない。それで微苦笑を交わしたわけだったが、「アクリナミンが効きましたかね。とにかく薬があって幸いでした。長い間、高熱で意識をなくしていると、脳障害で死んでしまいますからね。熱も下がったし、こんな所でも病院に来てくれて良かったです」と軍医は頷きながら言った。

ラエ郊外を流れる宮川に沿った場所にある現地人の開墾した農園、その周りの林に作られた陸軍野戦病院は、椰子の幹と葉で組み立てられた大きな掘っ立て小屋であった。同じ形式の小屋が林の中に擬装されて幾棟も建てられ、病舎だけではなく、第五十一師団第六十六連隊の兵舎としても使われていた。『八十一号作戦』失敗の後、連隊は一旦ラバウルに戻り、今度は大発（大型発動機舟艇）でフィンシュハーヘンへ渡り、そこから歩いてラエまでやって来ていた。こゝで南海支隊をはじめとする、ココダ、ブナ、ギルワ等の戦いから生還した、息も絶え絶えの兵士たちと第五十一師団第六十六連隊は合流したのだった。幸いラエでは武器弾薬や医薬品、最低限の食糧補給はできていた。サラモアにつながる各所に配置されている陣地まで配給網は延びていたが、ほゞ制空権を掌握した敵航空機からの攻撃を避け得る範囲内での活動に限定されていた。それでも、地獄のギルワ陣地から敵包囲の中ジャングル内五キロの距離を二週間かゝって抜け、クムジ河口に集結し、敵の銃弾が注がれるまゝ大発に乗船し、ラエにまで辿り着いてきた矢本らにとってその様相は、やっと助かったという光明を見いださずにはおれなかった。

「米が給与され、芋のなっとる畑を見たら、安心して急に身体がおかしくなってしもうた。わしの実家は百姓をやっちょるけん、こげえな農園見ると懐かしゅうてのぅ」と矢本は山口の屋代島に住む親たちを思い浮かべながら言った。家では農家をしながら父は小学校に教員として勤めていた。その影響もあって矢本武生は師範学校の中学へ進んだのだった。屋代島には妹一人弟一人が未だ残っている筈だった。兄のこんなに風がわりいな姿を彼らは想像できるじゃろか、想像できんほうがえゝが、と彼は思う。

「一瞬でも緊張の糸を緩めたら倒れてしまうかもしれないってことです。ひどいもんですな。こんな状況ですから、ラバウル基地では病院施設を全部防空壕内に移しているそうです。こゝもいつ発見され空襲されるか判りません。それまでの仮住まいってことでしょうな」と曇り顔で言ってから柳井は更に表情を固くし、ところで、と前置いてから「ラエ地区の防衛守備隊部隊長会議というのが今日開かれることになっているんです。そこに矢本少佐の代わりに自分が連隊長代理として出席しろという命令がきています。どうします？　行けそうですか？」と告げた。すると矢本は頭《かぶり》を振って、

「いや、そういう命令が出ているのなら、貴様が行ってつかあさい」と血の気の無い顔をうつむけた。

それで部隊長会議に出席することになった柳井玄太は、従卒を連れて会議の開かれる飛行場近くの陣地に向かった。野戦病院が隠れている椰子林を出ると日本の農地のように細かく区画された畑地ができていて、それぞれタロイモやタピオカ、バナナ等が植えられている。現地人が作った農園だった。しかし現在彼らの姿は全く見られず、完全に日本軍が管理していた。緑の畑は境

界がはっきりしないうちにいつの間にかたゞの草地に変わっていて、そのまゝそれが続いた。空は晴れていて従兵と共に草の中を歩いていると、柳井は軍隊から解き放たれたような安息感と囲いこんでくれるものゝ無い不安感に同時に襲われるのだった。これまで一度たりとも役立ったことはなく、ポートモレスビー攻略戦の際にはオーエンスタンレー山脈に棄てゝきた日本刀、その代用品がラエで再び支給され、それをぶらぶら杖代わりに下げて歩いた。途中、夢中で野豚狩りをしている第六十六連隊の兵士たちに出会った。野豚とは言っているが、追いかけているのは元々は現地人が飼育していた家畜なのかもしれない。そうだとするとニューギニアではそれだけで部族間抗争の種になりかねない程の略奪行為となる。子豚をだっこ網に入れて抱えて運び、女が自分の部屋で一緒に寝泊まりして育てる豚だった。しかしそうであっても豚が捕獲されゝば、確かにこれは、兵士たちにとってなかなか摂取できない貴重な動物性蛋白質源となる。夢中にならざるを得ない。他の動物蛋白としては近くを流れている宮川に川海老がいて、それをこれまた必死の形相で漁っている兵士たちの姿もあった。だが川沿いは敵飛行機がしばしば銀翼を光らせて飛来する場所で、見つかれば恰好の標的となってしまう。いずれにせよ、天に眼あり悪魔あり、いつ機銃掃射のスコールが降り注がれるやも知れぬ。この警戒心を片時も解除できないのだった。目的地まで六キロの道程は平坦で、極楽鳥を思わせる鮮やかな赤や黄の花弁を持つ草花が群生している所もあったし、何本もの幹が絡み合って大木になっている榕樹の林もあった。

　宮川がフォン湾に注ぐ河口付近に飛行場はあり、その近くの草地に奥深い防空壕が掘られていた。長く続く地下壕の奥には通気孔を伴った部屋があり、そこに幕僚が型通り参謀肩章を吊って鎮座していたのには柳井も驚いた。「作戦の神様」とも称される大本営派遣参謀の藤木大佐である。彼が一番奥の席に座り、ぴかぴかに磨かれた眼鏡のレンズを光らせる。その前に延びた縦長の机の周りに各地域守備隊の部隊長相当たちが着席した。各部隊の報告が終わったところで、藤木参謀が話しを始めた。安達二十三中将をはじめとする第十八軍司令部は現在マダン西方に居て、全軍の統帥に当たっている。マダンには第二十師団、ウエワクには第四十一師団が基地を構えていて、第五十一師団は輸送艇や潜水艦を使って海を渡り、逐次ラエ、サラモアに集結している。今や第十八軍隷下の編成兵員は、第十七軍の五倍以上、総勢十五万に達した。この軍の緊急の課題は主力を東部ニューギニア東南地区に移動し、このラエ地区で敵連合国軍に決戦を挑むことである……、力み過ぎもせず、どちらかと言えば事務的に説明した。判りきった作戦を伝えているという風だった。物量では確かに及ばない面があるが、百戦錬磨の兵士の戦闘力からすれば連合国軍兵士なぞ恐るゝに足らない、十五万の皇軍が決戦に挑めば、この地に於いて敵殲滅《せんめつ》も大いに可能である。確信しているように、そう述べた。精強不敗の皇軍、そういう信念は当たり前のことのように何度も繰り返されてきた。しかしイオリバイワ、ココダ、ギルワ、そしてラエと崩れ落ちるように敗退してきた軍と共に居て、柳井は藤木の主張をにわかには信じ難かった。そういう気持ちを知ってか知らずか、藤木が柳井に言葉をかけた。

「柳井少尉、貴様のところの矢本少佐に伝えておけ。貴様らの隊はギルワで敵前逃亡をした。指揮官である矢本は銃殺刑に処されるところである」

「お言葉でありますが」と柳井が口を挟んだ。「ギルワ地区からの撤退命令は第十八軍司令官からも小田南海支隊長からも発令されております」

「くちばしをいれるな。小田少将の撤退命令は一月二十日、安達中将の命令は十三日、矢本が撤退を決定したのは十二日である。全軍一令の下に寸毫乱るなきは、皇軍軍紀の神髄なり。勝手に撤退を決定するなぞ、あり得ざるべき独断専行である。しかも矢本の独断専行は今回だけではない。イオリバイワからの後退戦に於いても、第百四十四連隊第一大隊は何度も勝手な行動を取ってきた……」と冷たく喋り続ける藤木を眺めながら、あの撤退行の混乱ぶりを判っているのだろうか、食糧弾薬の一切が断たれた地図も無い密林で続々増加される敵兵に囲まれての戦闘、部隊長の判断、いや兵士一人一人の判断が行動の基準とならざるを得なかった、その状況で矢本少佐は隊をまとめ、戦い続けてきたのではないか、と柳井はずっと考え続けていた。その表情を見て藤木は、「貴様はポートモレスビー攻略作戦に過誤があったと考えているのかもしれない。しかしあの作戦に誤りなぞ断じて無い。南太平洋の安全を確保するためにポートモレスビーは攻略する必要があった。海路が駄目ならば陸路を進むしかなかった。だから敢然として陸路を開いた。イオリバイワまで達した時、退却を決定したのはやむを得なかった。あのまゝ突き進めば全滅は必至だったからだ。ブナ、ギルワでの玉砕戦は日本軍にとって必要だった。あれで時をかせぎ、後方の防備を固めることができたからだ。しかしそれらの戦闘で多くの将兵の命を失い、指揮系統に混乱が生じた事実は痛恨事として認めざるを得ない。矢本の独断専行にも致し方無い面もあると考えられる。更に言えば、この間の戦闘で矢本は幾つかの武勲をあげてきたと言えないこともない。そういうことであるから、それに免じて第十八軍司令部は矢本隊の敵前逃亡を無かったことにしようと決めたのだ。安達司令官の温情である」と言葉を進めた。話しの展開が変わってきたので、柳井は黙って参謀の口を見つめた。「貴様のところにも報告は行っているだろうが、第百四十四連隊の小田連隊長は撤退命令を下した後、自らは拳銃で自決している。南海支隊はその時点で解体したものと大本営は判断する。生存している者約三百名のうち多数は重病人もしくは戦闘能力を全く喪失しておる者であるから、順次ラバウルに戻し、再起を期す。戦闘に耐え得る者は第五十一師団第六十六連隊の一大隊に配属し、矢本武生少佐をその大隊長とする。以上、命令である」

「矢本少佐も重いマラリアに罹《かゝ》っておりますが」と柳井が言うと、

「マラリアは病気のうちに入らぬ！」と藤木は腹立たしげに舌打ちをした。「本来なら銃殺になる筈の男だ。自らの南海支隊の残党を率いて戦えるのは光栄至極のところだろう。安達司令官も、よろしく頼むと言っておられる。矢本にしかと伝えよ。復唱！」

命令内容を要約して復唱しながら、柳井は、十分の一以下の確立で辛うじて生き残ってきた南海支隊のうち何人が又戦闘につけるだろうかと思いを巡らせた。南海支隊だけではない。現在ラエ・サラモア地区に展開している約八千名の兵士のうち、銃を撃てるのは何割の者だろうか。マラリアは病気のうちに入らないと言われたが、軽重の差はあるにせよ、確かにほゞ全員がマラリアに罹患《りかん》している。栄養不足も慢性化している。元気なのは大本営だけだ。しかもそれも空元気。命令を下した後には後方の安全な場所に脱兎のごとく跳んで帰ってしまうのだ。それでも現場は司令部にすがりつく。現場は戦争をしている真っ最中だし、それを進めているのは司令部だからだ。

会議終了後、食糧集積所に寄り、乾パンの袋を持てるだけ分けて貰い、それをみやげに持ち帰る。さっき歩いた五キロの道を逆にさかのぼって野戦病院がある農園陣地に戻った。病院では矢本に会議の内容を報告する前に、柳井を待っていた救急の兵士の対応をしなければならなかった。往きに出会った、豚を追っていた兵士たちの一人だった。

「野豚を追っかけていたら、ぼっこにけつまずいでこんなになってしまいました。いやあ、散々だ」と変形した膝を見せた。名前を聞くと、第六十六連隊第三中隊の石村三男伍長であります、と敬礼をした。患部に手を当てた柳井は、脱臼している、と言った直後、両手に力を入れて脚を元の位置に整復した。びしっという衝撃で石村は一瞬目眩《めまい》を感じたが、元の形になってしまえばこの方が良い。これで治りますか、と聞くと、繃帯を巻き始め、「しばらく動かせないよ。今日はこゝに泊まっていきなさい」と柳井は言った。

石村三男は、この軍医を見た時、まるで映画に出てくる阪妻みたいにいゝ男だと思った。痛む膝を『雄呂血《おろち》』の若侍のような形相でひっ摑み、無理矢理治した。繃帯を巻いてくれた時は優しい顔だったが、脚を動かせない、今夜は泊まっていけと言われた。豚も捕れなかったことだし、こゝに居れば何か食べ物にありつけるかもしれないとの期待も起きる。

ダンピール海峡で半死半生の思いで油の海に浸かっているところを救助された石村は、駆逐艦の甲板に寝かされたまゝラバウルに帰った。次の出陣は直ぐだと告げられた上で、出発する以前に住んでいた兵舎に戻って暫時待機となった。『八十一号作戦』の惨めな敗北を体験し、半数以上の仲間の姿がこの世から消えてしまい、兵隊たちの気分は以前にも増して落ちこみ、泥のような倦怠感が一面に覆った。空から銃弾をぶちこんでくる敵戦闘機の恐ろしい姿は重い傷のように心に染み着いていた。これからずっとそれが彼らの日常なのだろうという予感がある。三八式歩兵銃でそれとどうやって戦うのだ、という疑問もある。しかしそんな思いは所詮何の意味も持たなかった。与えられた条件の中で精一杯戦い、死んでいく。それだけが彼らの務めなのであり、彼らは皆それを知っていた。二度と帰れぬ、という気持ちでニューギニアに向かった兵隊たちに降ってきた思いがけずのラバウル滞在は、彼らの意識を宙ぶらりんにし、白けさせたのだった。そんな中、石村伍長は、この世のなごりにとばかりに、ナツのいる慰安所に入り浸った。

ラバウルに幾つかある慰安所のうち、石村が通うのは南京街にあるホテルをそれ用に改装した所だった。石村のような下士官は午後四時から八時までと決まっており、三十分につき二円五十銭。これは中国にあった慰安所と同じだった。石村は一時間を頼んだので、一回五円の大金を払った。四回で月額の給料分になった。ニューギニアのような何も無い戦地で徹頭徹尾役立たないのは金で、これ以上無用なものは無い。そう考えた石村は、有り金を全部ナツに使っても惜しくはなかった。店の入り口近くに立つ軍の歩哨の中には顔を覚えている者もおり、息急きゝってピー屋（慰安所）に向かう石村にニヤニヤ笑いかける者もいた。フロントにあたる場所で料金を前払いし、『突撃一発』という袋に入った防疫のコンドームを二、三個受け取る。ナツの部屋は四畳の広さでコンクリートの床に茣蓙《ござ》を敷き、そこに布団や彼女の家財道具一式が置かれていた。朝から夜中までその上で仕事をするため、布団は万年床同然の状態で、部屋にはゴミ箱のそれのような異臭が漂っていた。そんなことは全く意識しない石村は、まるで天国にやって来たような気分で部屋に入り、ナッちゃん又来たよ、と彼女に笑いかける。顔色の冴えないナツの様子は決して元気だとは思われないが、相変わらず見目麗しくて、などとお世辞の言葉を言う。そうお？と疑問の顔をしてから、あなたも生き残れて……とナツは言葉を出しかけるが、そこで止めた。生き残れて良かった、と素直に言うとそれが侮辱に聞こえかねない。日本の軍人の難しいところである。野良犬のようにやつれた石村の顔は、わずかに生き残れている事実だけが喜ばしいことであるかのようだ。しかしそれすらも素直に喜べないのかもしれなかった。

だが実際石村にとってはそんな挨拶の言葉なぞどうでもよく、ナツの顔を見ただけで欲情し、彼女に抱きつき、口を吸った。小柄なナツが首も折れんばかりに顔を上に向けてそれに応えている間に、石村は彼女の帯をほどき、着物を胸元から広げた。着物をすっかり取り除き、裸体にしてしまうと、彼女を抱き上げ、敷きっぱなしになっている寝床へ運んだ。胸のふくらみ、腹の滑らかさ、輪郭の曲線……、横たわる女体は彼が今望む全てだった。愛しきものそのものだった。それ以上に望むべきことは何もなかった。戦争なんて糞食らえ、とまでは言い切れなかったが、こっちの方が遙かに大事だった。石村は唾を飲みこんでナツの裸体を見つめ、そのまゝ襦袢《じばん》を外し袴《こ》を脱いだ。裸になった石村は寝床の女体に肌を寄せ、そのあらゆる部分をまさぐり、確かめながら舐め回し、口を吸った。ナツがそれに反応して悶えると、ますます興奮し激しさを増した。最後はコンドームをはめ、中で果てる。しかしそれも暫くすると欲情がまた舞い戻って来て、再びコンドームをはめることになった。「兵隊さん、あなた誰とでもそんなゝの？」とさすがにナツも聞いてきた。

「ナッちゃんだけだって言いたいけど、それは時と場合によるよね」と石村は答えた。

「時と場合？」

「大陸でも軍慰安所では同じように出来たような気がするけど、さすがに村に徴用に行った時なんて、そういうわけには行かないべ」

「村に徴用？」

「うん。そんな時はそう何度も出来ない」と言ってから、その時の様子を思い出して思わず口を噤《つぐ》んだ。食糧の現地調達時に震えながら泣いていた母娘の映像が頭に再生された。その後で殺してしまったという事実は決して話すべきではないと感じた。幸いナツもそれ以上のことは聞いてこなかった。黙って考えこんでいた。そして、兵隊さん、あなたよく生き残ってこられたわね、戦争って嫌ね、と涙を流した。自分の命の危うさを心配してくれての落涙だと思った石村は、しゃああんめ、人生なんてそんなものだよ、と言った。

第五章

五月五日　マダン

　マダンからアレクシスハーヘンに至る約二十八キロの間に育った巨大な珊瑚礁は、大きな入り海を形成していて天然の良港がそこゝに見いだせる。珊瑚礁は幾つもの小さな島となって海上に現れており、それが自然の防潮堤となり絶好の漁場ともなって、現地に生きる人々の生活基盤の一つになっていた。ラバウルにも松島はあったがな、と安達は思う。マダンの海の方が日本の松島にずっと似ている。波静かな海に戦艦ほどの大きさの島があんばい良く配置されている。しかもその島には常緑高木が美しく茂っている。ただ、その木は松ではなく椰子や榕樹だ。潮を含んだ海風の清々《すがすが》しさは同じだが、宮城に比べこちらの海は赤道直下の暑熱が加わる。今は更にそれに戦争に使われる油の臭いが加わっている。戦争中であることは片時も頭から去らない。戦争をするために日本から遙か遠く離れたこの地にやって来た。しかしこの海の景色は、どうしても日本を思い起こさせてしまう。海岸線に沿って北に眼を向ければ、富士山そっくりの山が裾を広げている。ハンサの富士だ。この風景も伊豆へ旅した時に見たことがある、と安達は思った。

アレクシスハーヘンには飛行場があり、陸海軍の航空機が使っていた。しかし敵の空襲も激しく、滑走路に大穴を開けられ、使用不可能となることもしばしばだった。その飛行場近くの木立の中に第十八軍の司令部が置かれ、安達の寝場所もそこにあった。ワリと呼ばれる樹木を柱にし、ピトピトという葦の仲間の繊維だけを取って乾かし編み上げたものを壁材にし、クナイという草で屋根を葺いて安達の小屋が建てられた。全部現地式である。床は土間で、座ったり寝たりは敷いた莫蓙の上でする。これも現地式だった。

現住民たちは安達を日本軍の「大酋長」であると正しく認識し、贈り物として魚や芋、バナナ等を持ってきていた。安達もそのお返しに煙草等を与え、彼らは大喜びの表情で帰って行ったものだった。しかしその内、日本軍が作物を接収していく有様を目の当たりにすると、贈り物の習慣は絶えてなくなった。それでも、昨日、部落の幾つかゞ集まってシンシンという彼らの祭りが催され、安達らも招待された。参謀をはじめ何人かの兵隊を引き連れて、会場になっている部落に足を運んだ。背の高い椰子の木が公園の植栽のように立っているなだらかな丘のような土地だった。地面をそのまゝ床にしたものや高床式の掘っ立て小屋が幾つも立っていた。鳥が巣に帰る夕暮れ時だった。紫色の空に白煙が昇っていくその火元は薪を数本組んだ小さな焚き火だった。赤い火の側にひざまずいた女が乾いた樹皮をくべていた。その横に、石器の壺に入れた白いココナッツの実と黄色いカボチャを野球バットのようなすりこぎで砕いて、スープを作っている女がいる。そのまた横では、焼いた石の上にバナナの葉を敷き、様々な野菜や鶏肉等を重ね、更にバナナの葉でふたをして蒸し焼きにするムームーと呼ばれる料理を作っている。女たちは赤い腰蓑を巻いただけの裸体。男たちも蔦《つた》を編んで作った褌《ふんどし》姿で、似たようなものであるが、形の良い乳房が露わな女の姿に兵隊の視線はどうしても注がれてしまった。兵士たちは歩兵銃を手にし、軍靴を履いた安達は黒光りする軍刀を黄色の刀帯で吊していて、武器と言えば、枝先を尖らせて矢とする弓矢と杖かと見紛う棍棒を持っているだけの現住民たちとは際だった対照を成していた。酋長が近づいて来、自ら率いて、天井が葉で葺《ふ》かれた四阿《あずまや》のような場所に日本兵を案内した。そこが貴賓席になっているようで、椰子の実をくりぬいて作ったお椀に入ったスープやバナナの葉に乗せられたムームー料理が次々と運ばれてきた。「シンシン」は歌って踊ってというような意味だったが、村人たちは待ちきれないかのごとくに、日本兵の姿を見るや否や早速それを開始した。大小様々な竹が組み合わさってゞきているドラムや横笛や尺八のような笛で音楽が奏でられ、それに合わせて、鳥の羽根やマスク等で扮装を凝らし派手な塗料で化粧した男たちや、貝殻の首飾りと頭に花飾りをつけた腰蓑の女たちが身体を揺らし踊り始めた。幾つかの組があってそれが交代したり一緒にやったりで歌と踊りは終わりを知らずに長々と続いた。周りで見ている村人たちは一緒に踊っているような乗りで上機嫌の応援をしている。演奏される曲はどれも同じようで、踊りも全く同じ単調な繰り返しだったが、それが逆に集中度を増加させ、村全体が歌と踊りに高揚していった。兵士たちの中からも、銃を同僚に預けて、踊りに加わる者が続出した。無論、安達司令官のにこやかな顔を得てからの行動だった。シンシンの場に酒は出ず、それが日本の兵隊にとっては物足りなかったが、酒があるのと同じような興奮を心に感じてしまったのも事実だった。シンシンは一晩続くと言われ、まさかそんなに何時までも付き合っているわけにはいかないと安達が考えている時、突然スコールが襲ってきた。何の前触れも無く、やにわに大粒の雨が叩きつける激しい音を立てゝ地面に降り注いできた。さすがに踊り手も楽隊もパフォーマンスを中断し、木の下や屋根のある所で雨宿りをする。止むのを待って、ちょっと小休止ぐらいの感じで、シンシン気分は高揚したまゝ継続している。安達はこのスコールをちょうど良い汐に、これが降り止んだら帰ると告げた。雨が止んで安達は立ち上がり酋長に礼を言って部落を後にした。兵隊たちも祭りを満喫したようで、帰途はいつにない寛《くつろ》いだ空気が漂っていた。

それが昨夜のこと。今、第十八軍司令部はブーゲンビリアの甘い香りが混じる朝の空気の中で、いつも通りの業務に入っている。業務内容の中で一番力を注がなければならないのは建設作業の指揮管理である。飛行場の修理修復は専ら航空・防空関連の部隊に任せ、マダンに結集している主力部隊である第二十師団には、マダン＝ラエ間の兵站《へいたん》補給道路開発に全力を傾注させている。全長三百キロ、幅員四メートルの、軍用トラックが通れる道路を三ヶ月で作り上げる予定が立てられていた。この任務が当面の最大の課題となっている。その任に当たっている戸部矩《ただし》中尉が、師団前進司令所から報告がてら安達中将に挨拶に来ていた。彼の父親は安達とは関東軍で一緒の職業軍人で、気がおけない昵懇《じっこん》関係にあった。現在は第十一軍で江南殲滅作戦に従事している。朝部隊（第二十師団）が猛軍に編入された時、矩をよろしく頼むという口添えを安達は受け取っていた。マダンに上陸してきた時に比べてずっとやつれた戸部の顔を見て、「デング熱は完治したのか？」と安達が聞いた。

「はい、連合艦隊司令長官山本海軍大将閣下がブーゲンビル島上空で亡くなった時の頃であります。二週間、自分は小屋で伏せっておりました。しかし身体中に出ていた発疹も全部ひきまして、今はもうすっかり治りました。ご心配をおかけし、申し訳ございませんでした」と戸部は答えた。

「食糧はなんとか補給できていると思うが、衛生面は、どうしても後手になってしまう。このジャングルでは、致し方ないのかもしれない。病気には勝てない。どうだね？　軍の配給した蚊帳《かや》は役に立たないか？」

「無いよりはマシでしょうが、ちょっとした隙間からどんどん入って来てしまいます。この間、潰《つぶ》しながら数えましたところ、八畳吊りの蚊帳の中に百八十四以上の蚊がもぐりこんでおりました」と戸部が笑うと、

「何と言うことだ！」と舌打ちをしてから、安達は畏《かしこ》まった顔付きになって、「国軍最精鋭と言われている第二十師団に道路工事ばかりさせているのは、本当に気の毒だと思う。しかしながら戦争に勝つためにはこの道路がどうしても必要なのだ。補給が届かなければ勝利はない。ガダルカナルでもポートモレスビー作戦でも、我が軍は嫌と言うほど知らされた。補給線は兵隊の生命線だ。今や太平洋の主戦場となっている東部ニューギニア戦線の帰趨《きすう》は、この兵站補給道路の完成にかゝっている。見知らぬ土地、慣れない気候で、困難は想像を遥かに超えている。このニューギニアの地にいて、それは百も承知している。しかし百戦錬磨の日本陸軍だ。なんとか頑張ってくれ」と言った。その言葉を聞きながら戸部は出来上がった道路を続々と通り過ぎる日本軍、戦場に向かう第二十師団、第四十一師団をはじめとする皇軍の堂々たる隊列を思い描き、心を震わ

せ、「承知しております！」と答えた。

戸部の家では父がいる朝、父と子で体操と剣道の素振りをやった。一わたり汗を流した後、食事をし、それが終わる頃には、軍馬を連れた従卒が父を迎えにやって来ていた。矩が物心ついた時からずっとそうだった。ぱりっとした軍服で身を固め、背筋を伸ばして颯爽と出勤する父の姿に、どんなに得意な気持ちになったことだろう。父は矩の憧れだった。その後ろ姿を追って、矩は中学を卒業した後、東京の陸軍幼年学校に入校し、昭和十五年、陸軍士官学校を卒業、直ちに朝鮮屯営の第二十師団歩兵第七十九連隊に配属となった。もとより軍人勅諭は全文をそらんじていたが、当時示達されたばかりの戦陣訓も真っ先に暗記し、その実践を心に誓ったものだった。世界に冠たる軍隊づくり、これが自分の使命だと考えていた。銃剣術大会では彼の受け持つ中隊が優勝した。日露戦争以来、大日本帝国陸軍が世界を恐れさせた原点が、この銃剣術にあると彼は信じていた。射撃大会でも彼の中隊は優秀だった。「百発百中の銃一丁は百発一中の銃百丁にまさる」という精神が皇軍には必要だと考えていた。その精神があれば、いかなる国との戦《いくさ》にも勝てると信じた。

「お父上は君のニューギニア入りに何か言っていたかね？」と安達が聞いた。

「特に言葉は交わしておりませんが、大東亜戦争の帰趨を決める決戦の地に自分が派遣されたことを光栄に思っていると考えます」

「君の家では朝、父子で素振りをするのか？」

「少年時代はそうでありました」と戸部が肯定すると、

「戸部大佐は偉いなあ。おらなぞ子どもを放りっぱなしだ」と安達は独り言《ご》つように言った。今村大将をはじめ陸軍将官の中には自分をおらと呼ぶ者がいて、安達もしばしばそうなった。「外地勤務ばかりで、四人の子どもは女房に任せきりだった。長女の洋子はアララギ派の歌詠《よ》みでおらの歌の先生なんだが、それが病気で寝たきりになってしまってな、女房はその看病疲れで、ちょうど十八軍司令官の命令を受領した日に死んでしまった。通夜にも一緒にいてやれなかった。その後も子どもたちは兄の十九《とく》に任せきりだ。そうそう、おらは十三人兄弟の五番目で、明治二十三年に生まれたから名前を二十三とつけられた。単純明快な性格の親父だったな。生まれた年が名前になっている者は他にも三人いる。十六、十九、三十七という具合だ。尤も、おらの子どもたちも洋子、春海、潮子、磯子とみんな海に関係する名前だ。海が好きでそう名づけたのだが、そうしてみると親父は明治の年号にこだわりがあったのかもしれないな。しかしおらがこんな南海の地で大変な仕事をするようになるとは考えてもみなかった。何か運命的なものすら感じるな。おらの親父も君の父上と同じ職業軍人だ。子ども作りにかけては得意だったのは間違いないけれど、どう考えても子煩悩な人間だとはいえない。家にはほとんどいなかったし、いる時はひどく恐かった」と安達が彼の父親の姿を思い描くように言うと、戸部は、「自分の父親も決して子煩悩ではありません」ときっぱり言い切った。

「いやいや、子煩悩であればそれに越したことは無いのだがな」と安達が付け加えると、

「自分の父も家にいない時が多かったですし、余り自分と話したこともありませんでした」と戸部は言った。

「それでも君はそういう父上に憧れを抱いて士官学校に入ったわけだよな。そして立派な将校になった。戸部大佐は上手に父親の役割を果たしたわけだ。おらも父親と同じ道を歩むことになったが、親は一生懸命働いて、その背中を見せておればいゝのかもしれんな」と安達が言うと、戸部は自分が褒められたことに気づき、

「ご期待に沿えますように誠を尽くします。たゞ尽忠報国あるのみです」と姿勢を正した。

「ところで」と前置いてから「屏風山付近では工事がだいぶ難航しているようだが、どういう状態か？」と安達は現場の様子を聞いた。

「はい。前人未踏のジャングルであります。瘴気《しょうき》の中に山ヒル、ハマダラ蚊、蜂、サソリ等、無数の悪虫が生息し大群でヒトに襲いかゝります。毒を持った棘《とげ》や触ると皮膚がたゞれる植物もたくさん待ち構えております。そういう環境での重労働は確かに想像を絶する厳しいものでありま す。ジャングルには無数の水流が交錯しておりまして、小さな河川も豪雨にあうと信じられない程の水量となり、散々苦労して作った橋も一瞬にして流し去っていくのであります。わが朝部隊兵士にとっては戦闘以上に辛い任務であります」

「戦闘以上にか？」

「間違いました。戦闘とは違った困難に直面しているという意味であります」

「工兵ではなく歩兵として訓練されてきた部隊だからな。それはそうだろうな。しかし何度も言うが、戦闘をするために道路が必要なのだ。判っておるな？」

「判っております」

「空襲はどうだ？」

「見つからないように作業を進めております」

「補給道路の更に南方、ベナベナ辺りの高地に敵は飛行場を作って進出しておるとの確かな情報が入っておる。その気配はどうか？」

「全く判りません」

「高地に住んでいる土人との接触は無いか？」

「接触はあります。我が軍の作戦遂行に必要なものは何でも使っておりますので。土人たちも、なかなかに有用であります。道案内、畑からの食糧調達、運搬、工事…と色々役に立ちます。しかし高地に住んでいる土人の中には、ご存じでしょうか、例のペニスケースを着けたゞけで歩き回っている人食い人種もいるのであります。皇軍の威光の前には、どの部族も決して敵《かな》いはしないのでありますが、そういった連中を手なずけるのも至難の業です」

「現地人宣撫は軍の重要な仕事の一つだ。くれぐれも油断しないよう心してやってくれなければいかんよ」

「はい。承知しておりますが、土人たちにアジアの解放、大東亜共栄圏なんぞを語ったところで、何の意味を持つでしょうか。畏くも、神州不滅の大元帥陛下であらせられる天皇陛下の御威徳もなかなか伝わるものではありません。鉄の雨を降らせる肌の白い悪魔に対して色のついた肌を持つわれわれ仲間が戦いを挑んでいるんだぐらいの話しを、やっと聞かせられるだけであります。それすらも多分彼らの理解を超えていましょう。日本人の水準まで引き上げるのは不可能であります。日本人のようになるとはとても考えられません」

「将来どうなるかは誰にも判らん。しかし今、土人を日本人のようにしろなぞとは誰も言っとらんだろう。せめてわれわれに敵対することの無いよう、友好な関係は築いておきたいということだ。それが宣撫の目的だ。昨日、近くの村で開かれたシンシンの祭りに行ってきた。一緒に行った兵隊たちは非常に楽しんでおった。踊りを一緒に踊ったりして、そのまゝ続けていたら不純な交遊にまで発展しかねないと心配したほどだ。何しろ向こうは裸だからね。それぐらい心が和んだのだ。そういう交流も必要なのだとしみじみ思った」と眼を細めて語る安達の顔を戸部はしげしげと見つめ、

「土人とのそんな交遊なぞ考えられないことであります」と言った。言いながら「戦陣苟《いやしく》も酒色に心奪われ、又は欲情に駆られて本心を失い、皇軍の威信を損じ、奉公の身を過《あやま》るが如きことあるべからず。深く戒慎し、断じて武人の清節を汚《けが》さゞらんことを期すべし」という戦陣訓を思い起こしていた。日本人の女とも肌を接したことのない彼にとって、あの異様な臭いのする真っ黒な生き物とのまぐわいなぞ、想像するだに忌まわしいものだった。

第六章

九月七日　ボブダビ

草の間から幾つもの眼が見開かれている。頬は痩せこけ、泥で迷彩する必要がないほど黒ずんでいる。深夜のジャングルには鬱陶しい暑熱を含んだ湿気が充満している。汗はとうに出尽くした。眼だけが狼のそれのように草の中で異様に光っている。「判らんのう。敵がどれほどおりよるか、判らんちゃ」と矢本武生は言う。明かりの消えた敵陣地は双眼鏡でも窺えない。しかし眼前に聳《そび》えているはずの山田山陣地は、元々日本軍の作った砦だった。敵に奪われてからそれ程日にちが経っているわけではない。内側の様子は想像がつかないことはない。たゞ連合軍の建設能力は日本軍の比ではない。短期間にどれだけの防御設備が加えられたか、それは想像できない。攻勢を続けている連合軍だが彼らは防御にも全く抜かりない。日本軍では考えられない程の厳重な施策を重ねる。短期の宿営地であっても、周囲一帯の草を刈り取ってしまったり何層もの鉄条網を張り巡らしたり地雷を埋めたりさえする。それでも日本軍がそこを襲撃するのだから、過剰な防備というわけではない。彼らにとっては当然な防御設備なのだろう。彼らが占領した数日の間にそれがどの程度付け加えられたか、情報は全く入っていなかった。

矢本少佐はラエの野戦病院を出た後、第五十一師団歩兵第六十六連隊の第四大隊の隊長としてサラモアに派遣された。第四大隊には、ギルワから生還して尚戦闘能力を保持していると見なされた兵士八二名と元々第六十六連隊に所属していた兵士四一〇名の計四九二名の兵隊が所属していた。連隊の他の大隊同様、サラモアから山に入ったボブダビを基点にムボ、ウエバリに至るまでの長い地域の防御作戦に従事した。

ウエバリからの豪軍の攻撃に加えて、六月三十日、数千の米軍がナッソウ湾に上陸すると、全方向にわたって陣地争奪戦が激しく繰り返されるようになった。八月十六日に防御陣地中最高点にあたるカミアタム高地の武勇山陣地が落とされ、防御線が縮小されると、中野師団長はこれを最終防御線と定め、「これを保持し得ざるとき師団は玉砕せんとす。その場合は軍旗を奉焼し、傷病兵も決起して『切り死に』の覚悟で最期を飾るべし。一人といえども生きて虜囚の恥を受けるなかれ」と訓示した。この訓示を受けた第六十六連隊の荒木連隊長はボブダビ陣地に四つの大隊の隊長と工兵、通信、補給、衛生の各中隊の隊長を集め、「連隊の全将兵は既に覚悟はできているところであるが、師団長のせっかくの訓示である。威儀を正して訓示する」と前置いて伝達した。姿勢を正して聴いていた矢本も、この命令を当然のことゝして理解した。四ヶ月を経たこの時点で、彼の大隊の兵士数はほゞ半数に減っていた。病気による者も多かったが、激しい戦闘の連続は、その度に死傷者の数を急増させていったのだった。師団長の訓示を待つまでもなく、このまゝいけば玉砕は目前に迫っていると覚悟していた。戦場は全てジャングル地帯であり、海からいきなり切り立った高地帯で、通る道なぞ何も無い。制空権を保持している敵に比べて、弾薬食糧の補給、負傷者病者の後送は困難を極めている。ココダ、ギルワの飢餓地獄が再生されつゝあった。

ボブダビを中心とする最終防御戦の最高地点は山田山である。八月末、それがとうとう陥落した。その奪還に向けて第四大隊にも命令が下った。北側正面と東側は第一大隊と第二大隊が担当し、第四大隊は西側から南側にかけてを担当する作戦だった。指田少尉の指揮する第一中隊が一番北に近い地点、そこから南の方に向けて田中曹長が中隊長となっている第二中隊、小川准尉の第三中隊と配置し、第二中隊の後ろに遠藤准尉の第四中隊を置いた。今、矢本少佐は上背のある田中曹長と並んで攻撃地点を探りながら総攻撃に向けて動いていた。総攻撃の時刻は一応〇二〇〇と決まっていたが、部隊によって多少の時間差があっても仕方がなかった。現場の状況は、行ってみなければ判らないからだ。

「とにかく前進じゃい。行ける所まで、登れる所まで進みんしゃい」と矢本は指示する。夜のジャングルを進むのは、生い茂る植物や急襲してくる虫たちとの闘いでもあった。しかしこの地域はこの数ヶ月間我が方の陣地として馴染んできた場所だったので、比較的楽に進行し得た。とうとう鉄条網が前を遮っている場所に到着した。一帯の草木が刈り取られていて、高性能の探照灯でもあれば上から見通せるようになっている筈だった。第二中隊は山裾に腹這いになって待機した。「工兵隊、鉄条網を切れ!」と矢本は命令した。「静かに、見つからんようにな」と付け足した。大きな鉄鋏を持った六人の工兵が鉄条網に潜りこみ切断し始める。矢本、田中はその作業を食い入るような目つきで見守った。〇二〇〇を少し過ぎた時、北側正面の方向から機関銃が発射される音が続き、照明弾が二つ、続いて二つと夜空に打ち上げられた。花火のような火の玉は二分ほどしか夜空で燃えていなかったが、次々と打ち上げられ、その下で起こっている戦闘を照らし続けているようだった。迫撃砲が炸裂する鈍い音も腹に響いてくる。と、次の瞬間、隣りにいた第一中隊が突撃する、うおーという喊声が聞こえた。地獄の底から責め上げる鬼の叫び声のようでもあり断末魔の怪獣の悲鳴のようでもあった。日本刀をかざして指揮を取る指田少尉の青ざめた形相が眼に浮かぶようだった。

「第二中隊も突撃せい。喊声はあげたらおえん。これは奇襲じゃけえ」と矢本は田中に言った。下唇を噛んで命令を待っていた田中曹長は、それを聞くやいなや立ち上がって九五式軍刀を抜刀し、「第二中隊は総攻撃を開始する。出来るだけ敵に悟られないように行動すべきである。喊声をあげてはならない。何があっても山を下ることはない。死んでも登り続けろ。俺に続け！」と真っ直ぐ鉄条網の方に向かった。工兵が開けた入口を第二中隊の兵士は続々と通過した。間を置くことなく、後ろに待機していた第四中隊が矢本のいるところまで進んできた。

石村三男伍長は彼らよりももっと南の方を担当する第三中隊にいた。山田山は裾が南に広がっていて、どこが攻撃地点なのか判然としなかった。闇に包まれたジャングルは視界を遮り要領を得なかった。それで他部隊が攻撃を開始した後も未だジャングルをさまようことになった。小川准尉も石村伍長も正直に言えば自分たちが何処にいるのか判らなくなっていた。磁石の具合もおかしく、月もない全くの暗闇であった。わずかな数の懐中電灯だけが彼らの頼りであった。隊から離れないようにするには、前の者の背中から眼を離さないようにするしかない。そうやってまるで幼児の隊列のようにくっついて移動していた。石村の手には懐中電灯が握られていた。乾電池の予備は持っていたが、いつまで寿命が持つか、それも心配だった。懐中電灯は分隊ごとに配られ、寿命も考えに入れながら適宜前を照らして行軍を確保していた。ふと気がつくと、石村の右横に懐中電灯の明かりが見えた。道を外した分隊がいるのかと照らしてみる。向こうも気がついて照らし返してくる。どうもよく判らない。しかし我が隊ではないようだ。すると敵か？　日本軍がこゝにいるわけがないではないか。やっぱり敵なのか？　そうに違いない。石村はぞっとして小川に囁《さゝや》いた。「横に敵がいます。多分間違いありません」小川も戦慄して眼を見開いた。しかしこゝで逃げたら部隊はばらばらに離散してしまう。「突撃だ。彼らに向かって突撃しろ」と石村に小声で告げた。石村は懐中電灯の明かりを消し、「右横に展開する敵に向かって突撃する。明かりを消し、音を立てずに速やかに行動せよ」と前から伝言方式で命令を部隊に降ろした。既に全員が着剣していた。後ろまで命令が伝わったと判断すると、石村は小川に頷き、小川は抜刀して突撃を開始した。中隊が後に続いたことは風が抜けていくような草のざわめきで判る。生い茂る草など障害物としてまるで意識にのぼらなかった。敵の存在に向けて獰猛な殺意を高めていくだけだった。敵を目視するまでのわずかな時間が異様に長く感じられた。相手が確実に敵であるとは限らなかった。敵であるとしても、思いもかけない大部隊かもしれなかった。相手のことは何も判らない。しかし相手は我々の行動に気づいていないようだった。気づいていれば彼らの手に持つ自動小銃が槍ぶすまのように火を放ってきている筈だった。明かりをこちらに照らしてきた兵隊は、こちらを味方だと判断し、気に止めなかったのだろう。銃剣を構え、ざくざくと枯れ葉を散らして前進する。その歩調とふうふうという呼吸、更には心拍が一致しているかのように身体が一つにまとまって緊張している。平べったいヘルメットを被ったオーストラリア軍兵士の姿が視野に入った。銃剣を前に据え真っ直ぐ突入する。相手が石村に気づき慌てゝ短機関銃を向けようとした瞬間、銃剣は彼の胸を突き抜けた。それを引き抜く石村の身体に返り血が吹きかゝる。周りでも白兵戦が展開されていた。敵が構える前に銃剣で刺殺する。日本兵はもっぱらこの戦法をとっている。しかし銃弾が飛ぶようになってくると、石村は敵から奪った短機関銃を使って応戦した。三八式歩兵銃に比べ、この小さな自動小銃は驚くほど滑らかに銃弾を発射し続けた。

照明弾が火の粉を垂らしながら頭上で光っている。矢本が二番目の鉄条網の近くに達した時、曳光弾《えいこうだん》が赤い線を引いて撃ちこまれた。さっきのと比べて鉄条網は更に厳重に緻密になって前に横たわっていた。第二中隊と第四中隊は隣りあわせで身を伏せている。「工兵隊、鉄条網を爆破せい！」と矢本が命令した。工兵たちが爆薬を持って駆け上がると上から銃弾がヒュッ、ヒュッと音を立てゝ突き刺してくる。次の瞬間、迫撃砲弾が中隊のいる場所に撃ちこまれた。炸裂音と共に兵士の肉片と泥とが一緒になって吹き飛ぶ。身を縮めてその光景を見つめた後、そのまゝ待機。迫撃砲弾が続いて炸裂する。日本兵を直撃するものもあれば、泥だけを激しく噴き上げるものもある。浮き足立つ身体を抑えて、じっとその場にとゞまる。矢本も田中も遠藤も、近くで爆砕された泥を頭から被っていた。工兵隊が鉄条網を爆砕すると、第二中隊、続けて第四中隊がそこを通って登っていく。機関銃弾がそれを狙って集中して降り注がれる。命からがら弾を避けた兵士は、第二中隊は右側、第四中隊は左側に散開して地に這《は》う。そこから匍匐《ほふく》で前進し始める。それを援護し、敵に向かって射撃する部分もある。擲弾筒《てきだんとう》を使ってこちら側から向こうに何発も擲弾を撃ちこむ。迎え撃つ敵は塹壕と土嚢で陣を張っているだけのようである。曳光弾、機関銃弾、迫撃砲弾、歩兵銃弾、擲弾が猛り狂ったように交錯する。殺人用の弾丸が暗い空間に乱れ飛ぶ。その下を人間たちが蠢いている。弾が命中すれば身体は砕け散る。血液を噴き出しながら地面に横たわったまゝ停止する。そういう死体が量産されていく。矢本は第四中隊の遠藤中尉と並んで、先陣を切る第二中隊の進撃を双眼鏡で覗いている。照明弾のせいで視界は保たれていた。耳元をヒュッと音を立てゝ銃弾が通り過ぎていく。第二中隊は敵塹壕に近接した位置にまで進出していた。今まさに彼らが敵陣に突入する瞬間だった。長身の田中中隊長が日本刀を光らせて先頭を走る。兵士たちがそれに続く。彼らの喊声が矢本の耳に聞こえるようだった。田中の足が塹壕にかゝるかかゝらないかの時、田中の身体がどっと後ろにもんどりうってはじき飛ばされた。第二中隊の兵士がそこに駆け寄る。田中は倒れたまゝ動かない。兵士の一人が手榴弾を着火する。充分な待機時間をおいて塹壕の中に投げこむ。と、間を置かず塹壕内で爆発が起きる。兵士たちは塹壕を越えて中に躍りこんでいく。それを見て矢本は遠藤に「第四中隊は第二中隊に続いて進撃！」と指示し、「衛生隊は負傷者の救護に当たれ。田中中隊長も撃たれちょる」と続けた。

山田山陣地奪還は明け方近くまでかゝって決着がついた。最後の瞬間、敵は煙幕を巧みに使って上手に撤退していった。砦を落とすだけで既に充分傷ついていた日本軍はそれ以上追撃する力はなく、廃墟と化している山田山にとゞまった。砦は未だ硝煙が立ちこめ、きな臭さが充満していた。味方の損害をあらためて確認している時、敵と交替するように小川を先頭とする第三中隊が、戦い終わった戦場にたどり着いた。

「磁石が馬鹿になって道に迷っておるところ敵と遭遇いたしまして、戦闘となりました。敵の小隊は殲滅《せんめつ》いたしましたが、我が方も八名の戦死者と三名の行方不明者を出しております。死者の指と髪を遺品として回収し、遺体は埋葬してきました。作戦に遅れを取りまして申しわけございません」と小川は矢本に報告した。戦死者・行方不明者の名前を確認してから、矢本は「判った。中隊は別命あるまで待機」とだけ言った。砦攻略の戦闘に直接参加しなかった彼らの損害は他の中隊のそれと比べて少なかった。それまでに確認した第四大隊の損害は、指田少尉、田中曹長の二人の中隊長の戦死をはじめとして、百名近くの死傷者を出すに至っていた。玉砕を覚悟した軍隊にとって、数字の大きさは大した意味を持たなかったが、昨日まで生きて活動していた仲間を失った空虚感は大きかった。矢本は、死んでいった者に負い目のような気持ちを感じていた。部隊の先頭に立って討ち死にした田中や指田の姿を思い浮かべると、自分が生き残っていていゝのかと思う。しかしどうせもう暫くで玉砕するのだ。それまでのことだと考えるのだった。

赤く染まっていた東の空の上方では、次第に白い部分と青い部分が拡がっていき、夜が明けた。

山の麓《ふもと》には地を這うように雲海が広がり、鬱蒼と茂っている筈のジャングルを覆っていた。久しぶりに日本軍に奪還された山田山砦とその周辺には、員数は激減しているとは言え三つの大隊の兵士が集まり、荒木連隊長をはじめとする第六十六連隊の司令部は、事実上こゝに移動していた。暫くぶりの戦捷《せんしよう》に幾分安堵の気持ちが加わりながら、彼らはこの砦の防備に向けて段取りを話し合っていた。通信隊の働きで、ロカンに移動している第五十一師団司令部とも電話が通じるようになった。矢本ら各大隊長と参謀たちが見守る中、荒木連隊長が師団長の中野中将に戦捷の報告をする。

「本日〇五四五、山田山陣地攻略に成功いたしました。敵は南方に逃げていきました。いえ、追撃はせずに、第一大隊、第二大隊、第四大隊は砦にとゞまっております。はい、味方の被害は甚大であります。早急に防御態勢を整え、暫くこゝで頑張りたいと考えます。しかし敵の武器弾薬、食糧を多数捕獲いたしました。それはもう年中で、寸時も休まる時はありません。致し方ありません。はあ？　なんとおっしゃいましたか？　それは又……。いつですか？　只今山田山を落としたばかりなんでありますが……。にわかには信じられない思いであります。え？　いや、兵隊の気持ちを考えたものですから。で、何処まで撤退、いや転進をするのですか？　え？　そんな所まで！　いやはやとんでもないことになりましたな。そんな所に敵が現れましたか。あ、そこにもですか？　しかし師団長殿は、こゝで玉砕を覚悟して戦うとの訓示をお忘れではないでしょうね。はい、連隊の将兵たちは皆そのつもりで戦っております。わが師団が撤退するなぞ夢にもあり得ないと考えておりました。死んだほうがマシであります。はあ、そうであります。師団長殿の訓示された通りであります。はい、お気持ちはよく判りました。了解いたしました。負傷者はどうするんでありますか？　そうです。そういう状態であります。はあ、判りました。はい、承知しております。第六十六連隊長荒木、確かにご命令を受け取りました」と言ってから、思わしくない成り行きを心配顔で見つめている周りの顔に気がついて受話器を置いた。それから暫くの間、なんてことだ！　馬鹿げている！　どの面下げて！　とかの毒づく言葉が口から洩れるほど興奮を抑えきれずにいた。水を飲み、勝手に動き出してしまう身体をやっと鎮《しず》めると、「全部隊長会議を開く。将校を全員集めろ」と吐き捨てるように言った。

生き残っている将校が全員集まったのを確認すると、荒木は前に立ち、大声で演説をし始めた。

「只今、中野師団長より命令が下った。山田山陣地攻略に成功した第六十六連隊は直ちに転進を開始し、ラエ北方サラワケット山系の山麓に向かう。ラエの東方四十キロのポポイ海岸、並びに北西二十キロのナザブ草原に米豪連合軍が大挙出現したゝめである。敵中を突破する長距離の行程となる。これは、ラエ・サラモア方面に展開する全軍に向けての命令である。中野師団長はかねてより、現在我が軍が死守しているボブダビ周辺を最終防御戦となし、玉砕を覚悟で一歩も退くことはないと断言されていたが、情勢は変わったのである。敵が我々を飛び越えて先へ進んでしまったことゝ、こゝで我が軍の大軍が玉砕してしまう無益さを考え合わせなければならない。今更こゝで転進するのは玉砕するより辛いことかもしれない。貴様ら将校は元より、多くの兵隊たちにはそれこそ塗炭の苦しみを覚悟してもらわねばならないだろう。この長距離の行軍に耐え得ない者たちは、この山田山に残留し、敵の攻撃に対し最後の抵抗をすることゝする。充分な武器弾薬を残しておくから、それを有効に活用すること」と言ってそこで言葉を切り、将校たちの顔を見回した。案の定、どの顔も納得しているようには見えないのだった。第四大隊の矢本と眼が合った。かつてオーエンスタンレー山脈の撤退行を体験した矢本の表情は泥のように暗かった。この師団の絶望的な未来が脳裏に浮かんでいるのかもしれなかった。その矢本が質問をした。

「行軍に耐え得ない者とは負傷者のことでありますか？」自分もこゝに残って死んでもいゝのかと聞きたい気持ちがあった。

「その通りである。行軍に耐え得ない者とは、これ以上歩くことの出来ない負傷者のことである。それ以外の者は全員が行軍に参加する。玉砕はしない。いゝか、これは中野師団長の命令であると共に、第十八軍司令官安達中将の厳命でもある。速やかに転進に移る。各部隊はその態勢を作れ。以上」と荒木はそれ以上の説明は不要であると思った。命令に合理も非合理もない。正しい正しくないも言っていられる状況ではない。判断なぞ、とてもできない場合がある。命令は、たゞ伝達すべきものであり、実行すべきものである。たゞ従うのみ。これが軍隊なのだった。

「置き去りにされる負傷兵の多くは自決するじゃろうな」と矢本は思った。生きて虜囚の辱《はずかし》めを受けず。戦陣訓にその教えがある限り、彼らを待ち構えている道は真っ直ぐそこに通じていた。残留を命じるのは死刑を宣告するのと同じだった。味方の軍隊が去って行く後ろ姿を、残された者はどんなに切ない思いで見つめることだろう。しかし去って行く軍隊にしても、何か明るい展望があるわけではない。ただ死に方とその時期が多少異なるだけなのだ、と矢本はせめてそう考えることによって、それ以上の思考を停止した。

同じ頃、柳井玄太軍医は、空襲で完全に破壊されたラエ郊外の陸軍病院を引き払い、独立工兵第十五連隊と共にナザブ高原に向かっていた。昨年七月、ポートモレスビー攻略をめざし、南海支隊と共にラバウルを出発した時、独工十五連隊は台湾高砂義勇軍や現地パプア住民を含め、千名を遙かに上回る陣容だった。しかしオーエンスタンレー越えやブナ・ギルワの闘いを経て、今や四十七名の兵士を残すだけと成り果てゝいた。ラエへの空襲は日を追って激しさを増し、人の手の入った施設は勿論、草木でさえもことごとく吹き飛ばされ、穴だらけの土地が広がっているだけとなった。ポポイ海岸、ブソ河河口、ナザブ高原へと敵が上陸したり降下したりしてきて、赤穂浪士と同じ四十七名残った独工十五連隊の兵士は、歩兵ではなかったのだが、その迎撃に出陣したのだった。ナザブ高原は、広大な平坦地が広がっていて、飛行場づくりには恰好の場所だった。工兵連隊であるだけに、その敷設妨害、或いは可能であれば、その奪取が任務とされた。ナザブ高原に至る途中、日本軍によって基地化されていた所は全て、空襲によって見るも無惨に破壊されていた。行軍中、幾度も空からの攻撃を受けた。機銃掃射に加えて時限爆弾も数限りなく落とされた。さながら全ての土地が敵航空機の表通りだった。それ程に制空権を奪われていた。柳井は軍医の仕事ばかりではなく、戦闘に加わることもあったし、偵察を任されることもあった。このナザブ高原からサラワケット山脈に至る地帯は、マダン方面への連絡ルートとして重要で、以前柳井はこの地帯の偵察隊に加わったことがあった。その際、第十八軍参謀から、日本軍撤退時のため進路確認を示唆されていた。オーエンスタンレー越えの苦しさを知っている者だからこそ、その密命が下ったのだろうが、逆にその記憶は彼を憂鬱にさせるものだった。敵の掃射を浴びながら飢餓状態で山中をさまよう目眩の連続のような時間。異臭ふんぷん、草むらに累々と残された死者を、黙って踏み越えてきた日々。その再現を想起する時、彼は戦慄せざるを得ない。偵察ではブソ河渓谷にかゝる長さ三十メートル程の吊り橋を発見していた。日本軍がキアリを目指してサラワケットを抜けようとする時、切り立った渓谷を結ぶ唯一の手段としてこの橋は重要となろうし、逆にこの方が可能性があったが、敵にこれを奪われてしまったら、日本軍の行く手を阻む軍団を通してしまう結果となる。その場合は早急に爆破しなければならない。それは工兵連隊の仕事でもある。ナザブ高原に敵侵入の報を聞いた時、柳井の頭に真っ先に浮かんだのはこの吊り橋だった。師団戦略としてこの橋がいかに重要か、それを連隊長に進言していたのだった。ともあれ彼らは平原の東北部にある丘陵の林にたどり着いた。そこからナザブ高原を見下ろすと、そこには想像の幾層倍もする驚くべき光景が広がっていた。落下傘での降下部隊が降りてきたという報告は聞いていたが、どれ程の落下傘が降りてきたのだろうか。一個師団に相当する兵隊がそこに進駐してきている。その数は一万人を越すだろう。草深かった大平原は、その草がすっかり取り払われて広大な滑走路となっていた。たくさんの戦闘機、爆撃機、大型輸送機が並んでいて、しきりに離着陸を繰り返していた。偵察機がくるくると空を舞っている。大型輸送機から積み出された戦車、装甲車、自動車、高射砲、重火器、土木工作機等々、あらゆるものが市場のように並び、次々と戦場に運び出されている。兵舎か格納庫か幾つかの建物も組み立てられていたが、天幕やテントが村のように密集した状態で張られていて、その間を兵隊がまるで内地にいるような気楽さで歩き回っていた。夜襲であろうと何であろうと四十七士の討ち入りは、敵にどれほど損害を与えるだろうか。それよりもサラワケット山系からの撤退行を一刻も早く進めるべきだと判断できた。

第七章

九月二十九日　ナンバリバ

安達は軍偵と大発を乗り継いでこゝまで来た。軍偵とは九九式軍偵察機のことで、機会があれば敵地上部隊への襲撃や空中戦も行える、陸軍では最も頼りにされた航空機の一つである。これに乗って安達は、激戦が続いていたラエにも視察に行ったことがあった。昼間は敵戦闘機と遭遇する危険性が高いので安達を乗せたそれは明け方や夕方に飛んだ。大発輸送も同様で、敵魚雷艇がうようよしている海で日中の航行は不可能だった。夜間、漆黒の海上を密《ひそ》やかに進み、昼間は木の下や洞穴等に船体を隠して待機した。これに乗ってラバウルのあるニューブリテン島から半月かけてニューギニアに渡ってくることもある。安達が今降り立ったのは、敵軍が上陸したアント岬から北へ約七十キロにあるナンバリバ。舟艇を隠すのに好都合な、マングローブが生い茂る入り江や段丘崖に自然に穿《うが》たれた洞穴が存在する地域である。

八月十六日、ウエワク飛行場が空襲され、シンガポールから移動してきたばかりの第七飛行師団の飛行機百機を失った。安達にとってこれはダンピール海峡での悲劇にも匹敵する衝撃を与えられた事件だった。残されたのは第六飛行師団の二十八機と第七飛行師団の十機だけとなり、一週間前に統帥を発動したばかりの第四航空軍には、今後満足な航空作戦は期待できなくなった。ウエワクを襲ったのはベナベナ、ハーゲン地区にある飛行場から飛び立った敵機であり、この地攻略の必要性は明白であったが、この高地を攻めるに足る航空力を決定的に失った。マダン＝ラエの陸路建設と同時に進められてきたこの高地への空からの攻撃作戦は根本的な戦略変更を余儀なくさせられた。ベナベナ・ハーゲン攻略作戦は断念せざるを得ない。それよりもラバウルからの海上輸送を辛くも維持している東海岸地域を確保し続けることが第一の緊急任務となった。これまでラエ、サラモアには増派部隊を何度か送り、司令官自身も激励に飛んでいた。それ故そこを最終防御線と設定し激戦を繰り返す兵士たちの苦しさはよく認識していた。制空権をほゞ完全に失ったことゝ、敵の兵力・物量の驚くべき調達移送能力、それを身にしみて感じていた。それは安達自身が求め続け、自軍には惨めなほどに獲得し得なかった能力だった。

九月四日、ラエとフィンシュハーヘンの中間にあるポポイ海岸への敵一個師団上陸は、状況をよりはっきりさせた。敵は東海岸への日本軍の補給路を完全に断とうとしている。狙いはニューブリテン島と最短距離にある補給中継地点フィンシュハーヘン地区。ラエと並んでこゝを落とせば、日本軍は海上輸送を完全に断たれることになるのだった。こゝに至って安達は二十師団全軍に道路建設を中止させ急遽フィンシュハーヘンを防衛するよう命令を下した。同時に、後ろに取り残される形となるサラモアに展開している第五十一師団の大量の兵隊に対してラエよりこちら側へ撤退するよう命じたのだった。果たして敵は、九月二十二日、フィンシュハーヘン北方十キロのアント岬に大挙して上陸してきた。そこを守備していた第八十連隊の沢村中隊は多勢に無勢、一日で全滅した。連隊の主力は敵の背後のサテルベルグ高地に移動し、小部隊による夜間斬り込みを行う等して、現在も敵と対峙している。

今、ナンバリバに続々と到着している二十師団第七十九連隊の各隊は、こゝから更に内陸の密林地帯を通って、サテルベルグ高地で陣を張っている第八十連隊と合流しなければならない。七十九連隊の内訳は、歩兵第二大隊と第三大隊、それに野砲第二十六連隊第三大隊、工兵第二十連隊の約三千名である。彼らはマダンからの三百キロの道のりをほとんど徒歩で進んできた。彼ら自身が工事をしている最中だった南山嶺までは、道が切り開かれてきていたわけだが、それ以降はごく少数の現住民が歩いた可能性だけがある千古斧鉞《ふえつ》を知らぬジャングルで、渡った川も数百本を数えていた。くたくたに消耗しての到着である。しかしナンバリバは長く留まる所ではない。樹木の下に厳重に擬装された天幕を張っただけの簡単な宿営地があるに過ぎない。到着後直ちに山の中へと入っていかなければならないのである。

天幕の下では参謀たちがフィンシュハーヘン奪還に向けて作戦を練っている。敵の実態もこの地の地形もはっきりしない状況での議論である。しかし二十師団は朝鮮や北支で名を轟かせた精鋭師団である。どんなにへとへとに疲弊しても勝利への信念は強い。会議の場は常に積極意見が先行し高揚した気分がみなぎっていた。任せておいても大丈夫だと思う。安達は用足しと称してその席を離れた。頭痛を催す内の熱気に比べると、海からの風が吹く外気は心地良く感じられた。

天を覆う椰子の葉陰から月光が射しこむ。慎重に慎重に姿を潜めて集結している中継基地である。敵の空襲は未だない。静かな夜だった。安達の足は自然に海の方へと向かった。

暗黒の海が何処までも広がっていた。月光が波頭を金色に光らせ、大海原の動きを示していた。足下に打ち寄せる波が潮の香りを運んでくる。空高く満月が輝いている。移動する薄雲がその上を通過して行くが、月は圧倒的な存在感で夜空を支配している。満州新京にある関東軍司令部の庁舎から見た広大な大陸に浮かぶ凍てついた月、それと同じものがそこにあった。幼い日、薄茶色のすゝきと真っ白なだんご越しに、十三人の兄弟のつぶらな目で眺めた中秋の名月とも同じ月。その姿が煌々と頭上を照らしていた。安達はこの情景を歌に詠みたいと思った。彼は南方に派遣されてから、しばしば歌を詠んだ。それを『邪無愚留《ジャングル》詠草』と題してノートに記していた。歌人である長女の洋子に見せるためである。彼が歌詠みを始めた時、洋子は、

「お父様の歌は無機質な情景描写ですわ。いくら写実が大切だからと言っても作者の心が感じられなければ歌にはなりません。ご自分の心ばかりが前に出る人が多い中で、お父様の姿勢は全く逆ですわね。でも、作者の意図する心を伝えなければ、それこそ『ますらおぶり』も何も考える必要がないことになるじゃありませんか」と言った。彼女のアララギ派を意識し過ぎて作歌した安達の誤解を批評したのだった。それ以来、彼は歌に読みこむ心を意識するようになった。そしてニューギニアで詠む歌は、どうしても戦争から離れることはできないものとなった。

安達が自分の前に広がる海を見る時、そこに呑みこまれた何千何万という兵士の最期を思い出さずにはおれない。爆死した者、溺死した者、その死に方は様々だが、いずれも悔いに満ちた無

残な死に方だ。仕組まれたかの如くにあっさり命を失った者たちの怨念は、大きく空一杯に広がったに違いなかった。その鬼哭《きこく》が風に運ばれ啾々《しゅうしゅう》と聞こえる。祖国を遙か遠く離れた南溟に沈む魂魄《こんぱく》は、いつまでもこの地から離れられずにさまよい続けるのだろうか。この美しい月光でさえも彼らの心は慰められないだろう。それどころか、この海の先につながる祖国日本できっと見上げている筈の人々に向け、彼らの無念さは執拗に広がっていくのかもしれない。この美しさと静かさと穏やかさの広がる光景にさえ、安達は死んでいった者たちの情念の渦を感じてしまう。それは致し方ないことだった。司令官である自分がそれを受け入れなくては彼らの魂が救われる筈はない。彼の命令に従って死んでいった者たちの心を思わずにいられよう筈はない。そう思い、彼は祈った。どうかこの月の光のように安らかに成仏して貰いたいと心から手を合わせるのだった。

そんな気持ちを思い巡らしながら海辺で歌を考えていると、一人の男が寄ってきた。汚れた国民服を着ていて、兵隊とは違った物腰があった。第一、軍司令官をじろじろ見ながら誰であるか判らず、「そんなとこで何ょうしてるでがあ?・」と聞いてきた。安達を疲弊した年寄りぐらいにしか見ず、最高司令官としての威厳なぞ少しも感じていないようだ。月明かりだしな、と安達は自分を納得させせながら、

「月を見ていたのだ。綺麗な満月じゃあないか」と答えた。

「本当《ふんと》になあ!」と空を見上げながら、「われ、日本のこと、思い出しているんかえ?・」と聞いてきた。

「祖国の人々もこうしてあの月を見上げているんだろうねえ」

「俺ん家族は俺が何処へ行っちまったずらと心配してんだろうなあ。俺が急にいなくなっちまったもんだでのう」とその男が言うので、

「あなたがこゝにいることを家族は知らないんですか?」と安達は驚いた。

「軍が俺の船に乗りこんできて、そのまゝ船ごと取られたんだでなあ。家族に知らせる間もなかった。行方不明ずらやあ」

「それは酷《ひど》いなあ」と安達は考えこんだ。多くの漁船を機帆船として徴用してきている。それは承知している。しかしそんなに雑に、まるで強盗のように取り上げている事実があったとは知らなかった。軍事機密に関連している面があるかもしれないが、それにしても地方の人間に対して配慮が無さ過ぎる。大発と並んで民間からの機帆船はこの地に於いては極めて重要な運輸手段だった。大発同様、夜間動かし、昼は葉陰にじっと隠れさせている。魚雷艇や潜水艦に見つかれば、武装も装甲もしていない漁船はたちどころにやられる。中には機関銃を取り付けて防備しているものもあった。輸送される兵隊が小銃や機関銃で応戦することもあった。しかし静岡から百艘近く徴用してきた機帆船は、今既に半数以上が沈められていた。「あなた方も軍人と同じ働きをして、同じ犠牲を払っている。命も漁船もあなた方にとってかけがえのない財産です。それをそんな雑な徴用の仕方をするなんて言語道断だ。本国に問い合わせて、はっきりさせましょう。お名前と住所を知らせてください」と安達は陸軍将校の顔になって言った。男はその顔をまじまじと見つめて、

「わりゃ、何者だかやあ？　まあ、何者でもえゝ。名前聞かせたら余計面倒なことになりかねんだで、止《よ》しんするさ。こんなところまで連れてこられて、これ以上面倒なことになりとうない。どうせ、死ぬ身だもんでな」と吐き出すように言った。

その夜、戸部矩中尉率いる第二大隊第八中隊がナンバリバに到着した。他の隊同様、道路工事を中断して駆けつけてきたのだったが、こゝへ来るまでに一ヶ月近くかゝった。延々と登ったり下ったりが続く山道と、スコールの度に奔流となって押し寄せる鉄砲水に悩まされ、疲弊した足を引きずっての基地入りだった。到着の申告をするために、戸部が汚れた制服の皺を延ばしながら第七十九連隊司令部の天幕を訪れると、参謀長の小野大佐がそれを受け、

「最後尾の行軍、ご苦労だった。貴様の中隊が着いたので、これで全部そろったことになる。今日はこゝで休んで他の将校たちと意思統一をせよ。明日からサテルベルグ高地に向かって前進を開始する」と告げた。そして、「貴様と同期の杉野の中隊が舟艇突入隊に選ばれたから、激励してやれ」と付け足した。髭の参謀長が立つ直ぐ後ろには集会所があり、そこに集う将校の中には、今話題に上った杉野中尉の律儀な面差しも混じっていた。戸部が気がついて眼で合図を送ると、杉野が頷きながら近づいてきた。

「遅かったな。今着いたのか？」と杉野は言った。

「あゝ、ちょっと難航した」と言う戸部の姿は、その言葉を裏書きするようにやつれていた。それは杉野とて同じで、魔境に入ってしまった苦労は、帝国軍人としての服装の清潔さを保てなく

させていた。しかし精神的にはそれを保とうと、明るい表情で、「どの隊もニューギニアのジャングルには酷い目にあっている」と笑い、「貴様が遅れたので俺に特命の白羽の矢が立ってしまったぞ。本来なら貴様のところへ回っていく任務だ」と告げた。

「舟艇突入隊と参謀長は言っていたが……」

「そう、決死隊だ。敵の上陸したアント岬に大発三隻で逆上陸し、斬り込み突撃を敢行する。同時に陸から本隊が攻撃を開始する作戦になっているので一種の陽動作戦ではあるんだが、背後から奇襲するので、うまくいけば敵司令部にまで攻撃が及ぶ可能性がある。決死の特攻作戦ではあるが、死生命あり。わが武勲を期待していてくれ」

「あゝ、赫々《かっかく》たる武勲を期待しているぞ。それで貴様ら以外の部隊はサテルベルグ高地に結集して、そこから敵基地を奇襲するわけなんだな。総攻撃はいつになる?」

「二週間もあれば準備が整うとのことだ。お互いに」

「間合いを間違えないようにしなければならないな」

「そうだ。こっちは本隊の指示通りに行動するから、そっちがよろしく頼む」

「あゝ、それにしても貴様は大変な任務を貰ってしまったな」

「二万数千人の中から選ばれて決死隊の重任を受ける。これこそ男子一生の本懐だ。貴様の中隊が遅れたもので、俺のところに転がりこんできた。だから貴様には本当に済まないと思っているのだ。花道を奪ってしまった。悪く思わんでくれ」

「何を言う。俺も貴様に負けないような武勲をあげて後を追う。俺にいらぬ遠慮をするな」と戸部は言ったが、挺身一個中隊で海上から奇襲逆上陸するという多分戦史に残る作戦に選抜された杉野がうらやましくもあった。ニューギニアに来て以来、空襲は受け続けてきたが、ジャングルとの格闘に明け暮れ、敵と戦闘をしたことがなかった。何としても武勲をあげたいと念じていた者にとって、それは又と無い機会となる筈だった。

「最終的には本隊が決着をつけることになる。貴様もそこで必ず武勲を立てゝくれ」と杉野は戸部の手を握った。二人の所へ寄ってきた小野参謀長が、

「戸部には未だ言っていなかったが、敵の様子だ。上陸した敵兵力は我が軍に比べ大した規模ではない。増援の可能性も否定できないが、海上航行や上陸の危険性を考えると大部隊は無理だろう。敵の主力はラエにある。彼らは海岸沿いに陸路を前進して来る筈だ。従って、その主力が到着しない間に、態勢不十分に乗じて速やかにフィンシを確保する。これがこの作戦の要諦だ」と言って彼らを安心させるような笑みを浮かべた。

しかしこれが大間違いであったことは半月後、彼らの前に明白な現実となって現れた。

第八章

十月十七日　フィンシュハーヘン

突然どしゃぶりの雨となった。夜光塗料が塗られている時計の針は、新しい一日が始まっていることを示していた。昨日午後四時、戦闘態勢で進撃を開始してから既に八時間以上、ジャングルを歩いている。ジャングル伐開班を先頭に樹海を切り開きながら進んできた一列縦隊の長い隊列は、まるで滝壺にでも入ってしまったかのように、ざあざあと音を立てゝ浴びせかけてくる雨に歩を止める。兵士たちは携帯天幕を肩からマントのように被って雨をしのぐ。しかしそれは防水になっていないので、うわばみのように雨水を吸いこみ、重量を増して彼らの身体にのしかゝった。

「我々は今何処にいるのだろうか」と第七中隊の高山少尉が、鉄兜の縁から雨滴をぼたぼた垂らしながら言うと、「判らんね」と戸部はつまらなそうな声で答えた。自分たちが何処にいるのか、そんなことはこの軍隊の誰一人として答えられる者はいまい。地図は小縮尺の白地図のようなものがあるだけで、実際の歩行には何の役にも立たないのだった。漆黒の闇に包まれ、たゞ前の背中を見ながら、ひたすら後をついて歩いてきた。出発の際、サテルベルグ東北の高地から見た敵陣地は、樹海とその彼方に光る白い海岸の狭間に広がった模糊とした地域だった。そこに向かって進んできた筈だったが、なかなかそれらしきものにぶち当たらない。案内とするのは磁針だけ。

「最悪の場合でも海には出るだろう」と戸部が言うと

「磁石が狂っていなければね」と高山が言った。原因は不明だが、この地では磁石の狂うことがよくあった。戸部は、あてどなく夜のジャングルをぐるぐる徘徊している姿を思い描き、ぞっとした。まさか、敵の銃弾ではなく、このジャングルの魔の手にいたぶられ、乾いたヒルのように消耗して滅んでゆくのではあるまいな、という不安が過《よ》ぎる。無性に煙草をのみたい気がするが、敵前で火を点すなぞ以《もっ》ての外だ。そもそもポケットの煙草は雨でぐしょぐしょになっていて、火を点けるどころの話しではない。敵の陣地が見えるまで、たゞ前進あるのみなのだ。流れる雨で体温が奪われ寒さに震えながら戸部がその思いを嚙みしめていると、隊列は思い出したように前方から再び歩みを始めた。滝のような雨を背負いながらの、のろのろした行軍である。足もとを水が川となって走っていく。ぬかるんだ地面が足を取り、思うように足を運ばせない。よろける身体の態勢を保とうと思わず摑んだ樹枝に棘があって、それが思いがけずの毒素を含んでいたりする。暗黒の雨の中でもヒルは活発に肌に張りついてくる。露出している皮膚がヒルだらけになっている者もいる。張り付いたヒルは血を十二分に吸い取っても尚、張り付いたまゝなかなか剝がせない。剝がすと、注射針を刺した跡のような穴が開いている。山砲を抱えた砲兵隊が立ち往生している。マダン、ナンバリバ、サテルベルグの行程で、時々に放棄されてきた野砲、この最後の瞬間まで運ばれてきていた数少ない山砲も隊列の一番後ろにまで下がっていった。

午前二時を過ぎ、雨が小降りになってきた時、頭上を飛行機の発する爆音が通り過ぎ、暫くしてその空襲を開始する音が右前方から聞こえてきた。地上で炸裂するドン、ドンという爆発音が続き、それに飛行機が墜落する悲鳴のような騒音と爆発音が混じった。確実に戦が行われていることが腹に響く音響で伝わってくる。

「なんだあれは？　友軍の攻撃か？」と高山が聞いてきた。

「飛行第六師団も作戦に参加すると参謀長が言っていたが、詳しいことは知らぬ」と戸部が答えると、

「音は敵陣地の方向からした。空襲したのは日本軍だな。そうとしか考えられない。友軍の航空機が夜間爆撃するなんて、頼もしいなあ」と多分高山は昨日から初めての笑顔を浮かべた筈だったが、それは暗くて判らない。時刻も総攻撃開始予定時刻に合致していた。本隊がこうして漆黒のジャングルで盲啞の行軍を続けている間に、他部隊は予定通りに行動を進めているのだ。時刻からすれば、杉野部隊もそろそろ突入を開始する筈だった。海からの奇襲攻撃。しかし本隊は未だこんな状態だ。作戦通りには事が進んでいない。それを考えると焦る。気持ちばかりが先行する。そうこうしている間に、とうとう今度は左前方から、パン、パンと銃が発射される音が聞こえてきた。機関銃の連射音も混じっている。

「舟艇突入隊だ。杉野の部隊が上陸した」と戸部は言った。

「もう戦闘が始まったのか。早過ぎる」と高山が呟いた。

「時間的にはほゞ予定通りだろう」と戸部が時計を見ると、

「しかし上陸と同時に戦闘が開始されているんじゃないか？　海岸で敵は待機していたということじゃないか？」と高山は疑惑を述べた。

「そんなことは判らん。何にせよ敵との戦闘は既定の行動なのだから、我々が一刻も早くそれに合流しなければならんということだ」と戸部は話す暇も惜しむという焦った調子で言った。

しかし彼らが敵陣地前に到達したのは、東の空から夜が明け、鳥たちが賑やかに鳴き始める時間になってしまった。雨はすっかり止んで、流れる雨が身体を震わせていたことなぞ嘘であったかの如く、蒸し蒸しするいつもながらの熱帯ジャングルに戻りつゝあった。闇に閉ざされていた風景が次第に溶明し、一つ一つがその形を精緻《せいち》に刻んでいく。眼の前で揺れる梢や葉が、はっきりした存在として浮き彫りされていく。ジャングルの端から眺めると、農園の跡のような平坦な土地の向こうにどうやら堀のような地隙《ちげき》が掘ってあり、その後ろに鉄条網を張り巡らせた敵の陣地がある。更にその後方には滑らかな海が広がっている。斥候《せっこう》の話しでは、海岸線沿いに長く延びている敵陣地内には高射砲や機関銃がたくさん目視されるとのこと。兵士の数は未だよく確認できないでいたが、浜辺に陸揚げされている大量の物資の集積具合から、相当多数の兵隊がこゝに来ていると判断された。塹壕の中に兵士がうごめいている気配もあり、こちら側の攻撃をじっと待ち構えているようで、うかつに動けない緊張が強いられている。

隊列最前列の第二大隊本部へ各中隊長が呼集された。支那事変で勇名を馳せた大隊長の竹鼻少

佐が中央で、集まった中隊長たちの顔を見ながら、

「敵陣地を確認するも今一つ敵情がはっきりしない。ソング河口に敵前上陸した筈の杉野部隊の動向も確認できていない。これから斥候隊を出して敵情偵察、主にソング河口方面を中心とした斥候をするので、各隊は敵に発見されないよう心して待機すること」とはっきりした声で告げた。直ぐにでも斬り込み攻撃を覚悟していた戸部は、それを聞いて拍子抜けしたが、大陸で歴戦した大隊長の判断に間違いがあろう筈はなかった。第六中隊から斥候隊が出されるのを後方に見やって戸部は第八中隊に戻った。第二大隊は第五中隊を先頭に第六、第七、第八の順に縦に長く展開していた。その後ろに第三大隊が続き、しんがりに連隊本部が作業中隊や通信中隊を引き連れて控えていた。その筈だった。しかし戸部が自らの位置に戻った時、後続の部隊の姿はかき消されたようにそこには無かった。主力の第二大隊を置き去りにして連隊本部ごと消えてしまったのだ。戸部は、その事実を報告するよう大隊本部に伝令を送ったものゝ、何が起きたか判らず、呆然として ジャングルに立ちつくした。

野砲中隊の中隊長宇賀神曹長は、この隊にたった一つ残された山砲を組み立てながら、つくづく思う。これが中隊？　どう見たって分隊か、せいぜい小隊だ。砲手六名の他に弾薬手四名、それに本来は運搬馬の馭者として五名。その十五名で兵隊の数は全部だった。台湾高砂族もこれに加わったが、馬が使えないので、分解した砲車、砲身、砲架、弾薬等すべて自分たちの肩で運んだ。砲はこの四一式山砲ただ一門。これでこの大作戦を担う唯一の野砲中隊と言えるのだろうか。

長い行程の間に放棄されてきた火砲の数に応じて兵員も減らされた。現住民の姿も消え、今やこの部隊は呑まず喰わずで重石を運ぶ信じられない苦役の集団と化していた。最早限界を超えていた。唯一残されたこの山砲がこの総攻撃に動員されたが、案の定、砲兵部隊は遅れに遅れ、しんがりの連隊本部にどうにか追いつくのがやっとのところだった。辿り着いたばかりの宇賀神曹長の姿を確認するや、連隊長の林田少将が寄ってきて、

「ご苦労。早速だが、これからあの高地を攻略する」と右手川向こうの高台を指さした。「間もなく第三大隊が突撃を開始するから、様子を見ながら敵基地を砲撃しろ。敵が直ぐに撃ち返してくるだろうから、なるべく素早く全砲弾を正確に撃ちきること」と命令が下された。それで彼らは運搬してきたばかりの、ばらばらに分解された山砲を組み立て始めたのだった。全砲弾を撃ち切れだと、と宇賀神は考えた。運んできた砲弾は二十発に満たなかった。撃ち切ることは可能だった。敵との火力差は何千分の一だろう。一発撃てば何千発撃ち返してくるという状況。数発撃ったら直ぐにそこを撤収するか、それが出来ないならば素早く撃ち切るしかない。しかしそれは砲兵隊として最後の戦いとなることを意味していた。それしかないか、と思いながら宇賀神はその高地を双眼鏡を覗いて観察した。

高地の下の地隙付近に結集している第三大隊の勇姿が確認された。ばらばらと部隊が展開し、それぞれが鉄条網に張りついて、そこを突破しようとしている。敵の応戦も始まっているようで、パンパンと銃撃の音も伝わってくる。

砲手が定位に就いたのを見届け、宇賀神は「目標は高地上部のトーチカ、射距離三千二百」と

指定した。砲手が火砲に射距離の射角を与え、照準器の転把《てんぱ》を回し目標を狙う。「発射！」の号令で拉縄《りゅうじょう》が引かれ、ズドンと弾が飛び出す。静かな早朝の自然を一気にぶち壊すような轟音だった。敵陣地近くで砲弾が白い煙を上げて炸裂するのを確認し、「射距離の変更三千七百、左へ二百減《ひ》け」と修正してから、再び「発射！」の号令。早く撃たなければならない。敵は既にこの山砲の位置を察知している。

敵の迫撃砲攻撃も始まり、煙幕を張って横一列になって進撃する日本軍の足下で何発も炸裂している。当たって吹き飛ばされる兵士の肉体、日光が反射して光る銃剣の刃、そして掲げられた第三大隊の軍旗が見える。

「どんどん撃つぞ！」と宇賀神は部下の兵を急がせる。命中したトーチカからは煙が上がっている。次は塹壕からしきりに発射している機関銃座だ。照準を合わせ発射する。逸れた。少し修正し、更に発射。未だ機関銃は生きている。続いて発射だ。すると、ヒューンという音を立てゝ空間を切り裂きながら、砲弾がこちらへ飛んできた。近くで炸裂し、台座が地面ごと揺れた。敵の野砲攻撃が始まったのだ。しかし大丈夫。未だ撃てる。

高地の方でもいったん吹き飛んだ軍旗が再び掲げられ、前進が続けられている。戦列の後ろには夥《おびただ》しい数の戦死者が横たわっている。

宇賀神隊の砲弾は未だ残っている。これを撃ち尽くすのだ。弾薬を装塡し、狙いを定めている時、再びヒューンと風を切る音と共に砲弾がぶちこまれてきた。二発、三発……、と続けて炸裂する。世界が破裂する。大地が崩れる。宇賀神隊は山砲と共に跡形もなく消滅した。

「第三大隊はカテカ高地を占領した。第二大隊はソング河口の杉野中隊と合流すべく速やかに進撃すべし」という連隊命令が竹鼻中佐に届けられたのは夜になってからのことだった。斥候隊の報告では、ソング河口付近に杉野中隊の姿は無く、敵陣営も入り組んでいて、最前線がはっきりしない。下手に踏み込めば前後左右が敵に囲まれる、という状況のようだった。竹鼻大隊長は命令を受け取ると首を傾げ、「ちょっと連隊長に会い確かめておきたいことがある」と言って、命令を運んできた中村曹長を道案内にし、当番兵を連れて夜のジャングルを連隊本部に向かった。連隊本部はそこから数百メートルの位置にいると言う。漆黒の密林とはいえ、中村が今来たばかりの道だ。本部付きの優秀な曹長が道を間違える筈は無い。と思いきや、

「大変だあ！　大隊長が撃たれた！」と当番兵が泡を喰って戻ってきた。後方の味方陣地だと思った所が敵の陣地で、そこに近づいた中村と竹鼻が正面から撃たれたとのこと。それを聞いた戸部は、「それで大隊長殿をそのまゝにして逃げてきたのか！」と当番兵を叱ると、「自動小銃の連射を真正面から受けておりまして、多分即死しております」と彼は動転するまゝに言い訳のように述べた。

「これから竹鼻大隊長の救援に向かう」と戸部は言って第一小隊を引き連れ、当番兵を道案内にして、大隊長が敵と遭遇した地点に向かった。「あそこです」と指さゝれた場所は、明らかに敵の陣地になっていた。第二大隊が配置している後方に敵陣地がある。つまり我々は敵の真っ只中にいるということか。いつの間に敵陣地を通り越してきたのだろうか。それとも敵は我々の動きを

摑みながら移動しているのだろうか。

「第一小隊は大隊長と中村曹長の遺体が収容可能かどうかを探れ。もし可能であるなら即時収容作業を開始せよ」と大林小隊長に命令すると、小隊は暗闇の密林を匍匐《ほふく》で進んで行った。ズドーン！　ズドーン！　と銃声が響いた。暫くの静寂の後、大林らが戻ってきて、「敵は待ち伏せをしております。とても中へは進めません。遺体収容には、突撃の覚悟が要ります。どうしますか？」と聞いてきた。敵がそれ以上ジャングルの中へ踏みこんで来ないのを幸いと見るべきだろう。「撤退する」と戸部は言った。

第二大隊本部に戻り、各中隊長たちと今後の方針を話し合った。「ソング河口の杉野中隊と合流すべく速やかに進撃すべし」との連隊命令が出ているのだから、それに従うべきであり、夜明けを待って直ぐに進撃を開始するということになった。部隊の半分を交代で戦闘態勢につけて、残りの半分は地面に横になって仮眠した。兵士たちは直ぐに眠りについたが、戸部と高山はなかなか眠れなかった。

「何時《いつ》になったら戦闘が開始するんだろう」と高山が呟いた。「ニューギニアにやって来た三月から、敵に向かって未だ一発も撃ってはいない。ジャングルの中で這いつくばっているばかりだ。明日は大丈夫なんだろうなあ」

「あゝ、明日は必ず戦闘になるだろう」と戸部は言った。いよいよ明日は血みどろの決戦の時を迎える。敵の脅威を総身に感じながら自分自身に今一度言い聞かせた。

寝る前に陸軍幼年学校では必ず『五誓』を繰り返していた。「一つ、純忠至誠生を捨て義を取る、一つ、淡白にして喜んで命令に服従す、一つ、気節に生き実行を尚ぶ、一つ、責任を重んじ功利に超越す、一つ、質実剛健にして廉恥を知る」班員がそろって力一杯これを叫んだ。大声で叫ぶその言葉は強迫観念のように生徒たちの身体に染みついた。班全員で唱和し確認してから床に就いた。翌日、起床ラッパで飛び起き、乾布摩擦や体操をし、宮城と故郷を遙拝し、それぞれが軍人勅諭を奉読して一日が始まった。軍紀ある充実した生活だった。全てが自分を光輝ある帝国軍人に作り上げる為の時間だった。「世界に又なき皇国の／未来の干城と立たん身の／手折りかざすは美わしき／至誠正義の花紅葉／花や紅葉と散りぬとも／名は万世に残さなん」という幼年学校の校歌が口元に浮かんでくる。皇国を守護する武士であることの感激が沸々と湧き上がってくる。山中峯太郎の小説を読みふけり、日東の剣侠児・本郷義昭に限りない憧れを抱いていた少年にとって、幼年学校から士官学校という経歴は、これ以上無い赫々たる進路だった。捨て身で国に尽くそうという興奮は今も変わらずに燃えている。しかし洗濯を潔癖なほどに行って清潔を保ち、持ち物は手拭い一つ巻脚絆一つに至るまで整理整頓を徹底していたあの頃と比べ、今の状態はいったい何だろう。考えないようにしていたが、服はぼろぼろ、汚れるだけ汚れ、地を這うあらゆる小生物が皮膚を動き回る。その現実はこの上なくおぞましかった。いやいや、それも明日にひかえた戦闘の為だ。第三大隊はカテカ高地を占領した由、第二大隊も明日ソング河口を攻略し、第二十師団はフィンシュハーヘンを制圧することになるだろう。いよいよ明日という日がやってくるのだ。そう思うと戸部は激しく疲労しているにもかゝわらず、なかなか寝つかれないのだった。

翌朝、第二大隊は前日に斥候隊を出した第六中隊と第五中隊を先頭にしてソング河口方面と考えられる方向に向けて歩み始めた。高山の第七中隊と戸部の第八中隊は、その後に続いた。ジャングルの縁を出た草原で敵と遭遇、いきなり手榴弾の攻撃を受けた。草原に隠れた敵を追い、三十メートル程前進した所で敵の姿が見えなくなった。敵がいるのかいないのか、部隊を前進させたものか迂回させたものか、中隊長同士で話し合っているところ、そこを狙撃された。第六中隊長は銃弾頭部貫通で即死。丈ある草に忍んで直ぐ二十メートル程手前から狙いを定めていた敵は、続けて一斉射撃を浴びせてきた。一瞬で多数の兵士が死傷し、第五中隊の中隊長は部隊をジャングルの中に後退させた。これを見て、第七中隊と第八中隊は楕円形に広がる左右の林縁に別れて敵の背後に回り、攻撃をかけた。しかしその時既に敵は撤退していた。第二大隊は再び合流して進撃を開始するも、それを追うように迫撃弾が飛来し、待ち受けた自動小銃から銃弾が注がれてきた。時間を追って死傷者の数が激増した。

「敵は我が方の動きを摑んでいる」と高山が恐怖の表情で上を見上げた。神がそうするように空から監視されているかの如く。戸部は首を振ったが、彼自身もそうとしか考えられなかった。攻撃する我が方は地理も敵の配置も知らなかったが、敵はこちらの動きを把握している。それでもどうにかソング河口に近いと思われる辺りまでたどり着いた。

「杉野中隊！　第十中隊！」としきりに呼びかけるが返事は無い。杉野中隊は予定通り前夜午前二時三十分ソング河口に近づいたが、この奇襲作戦についてあらかじめ情報を摑んでいた敵は闇の中でこれを待ち構えていたのだった。猛烈な十字砲火の中を強襲すること、なった杉野隊は、上陸時点で戦死者の山を築く。残った兵士たちは戦闘を続け、夜明けには全滅してしまいそうな形勢だったが、夜が明けると敵の姿が消えていた。計画ではそのまゝ敵陣内にとゞまり、戦闘を続けることになっていたが、とてもその力は残されていなかった。そこで敵のいない方向を見定めながらジャングル内を師団主力を求めてさまようことゝなった。

戦線は錯綜していた。敵と味方がジャングル内を徘徊し、時には銃撃戦となった。不思議なことには、第二大隊の後を追うようにしてしばしば迫撃弾が隊列近くに撃ちこまれてきていた。日本軍の動きを察知していることを意味していた。それは例えようもなく不気味な事実だった。

日が沈み、闇夜が戻ってきた。第二大隊は各中隊の縦隊を放射状に延ばして集結した。中心部が各中隊長をはじめとする本部となった。こゝを迫撃されたら部隊は全滅だ。しかし迫撃弾は最早追ってきはしなかった。

「集音マイクが各所に設置されているのだろう」と第五中隊の中隊長が説明した。「部隊が静止して音を立てなければ、我々の在処《ありか》は消えるのだろう」

それで部隊は極力音を立てないようにして休んだ。静寂が支配するジャングルで、戸部の隣りに横になっている高山が昨夜と同様呟いた。

「今日も一発も撃たなかった」

「あゝ」と戸部は答えた。彼も同様だった。

「煙草いるか?」と高山が言った。

「あるのか?」

飯盒《めんこ》の中に入れてある。湿気ないようにな」と言ってから、ごそごそやって高山は煙草を取り出した。一本を口にくわえた様子で、もう一本を戸部に渡してきた。「悪いな」と手探りでそれを受け取りながら言うと、高山はマッチでそれに火を点け、戸部が吹かすと、火を自分の煙草に向けた。

「旨いなあ！」と心の底から喜びのこもった声で高山が言った。その時、何かが弾けた。もの凄い衝撃が二人の間を走った。

「何があった？　高山！」と戸部が聞いたが返事は無かった。「高山！」もう一度言って手元を探ると、彼が横たわっていた。「どうした？」戸部の手が濡れた。高山の顔から流れ出している液体で濡れたのだ。血だ。顔面をやられている。「おい、高山、意識はあるか？」と身体を揺さぶってみるが、全く動かぬ肉体は、もう駄目だと判断せざるを得ない。弾は眉間から入り後頭部に通過し、大きな穴を開けている。狙撃銃の弾丸が貫通した頭から、微動だにしない身体を伝ってどくどくと血が流れ落ちている。助からないとは思ったが、「衛生兵！」と念の為呼んでみる。傷口に手を当てゝ高山の身体を抱いている。最期の瞬間は幸福だったな。僅かに煙草一本の幸福だったが……。

第九章

十二月二十日　フィンシュハーヘン

狙撃手ジャック・ドーソン二等兵は、オーストラリア陸軍第九師団第二十旅団の歩兵隊に所属していたが、普段は観測手のテッド・パイク上等兵と二人きりでチームを組んで行動していた。愛用の銃はウインチェスターM七〇で、これは彼が故郷で狩猟に使っていたものと同じだった。クルミで作られた銃床に木目が浮かび、森の仕事の道具に似つかわしい味わいがあった。これを使って仕事できるのは、元々の仕事がつながっているようで彼に安定感を与えた。ジャックが住んでいたのはサンシャイン・ステートの別名もあるクイーンズランド州のエメラルド。家業の牧場を手伝って、牧童として働いていた。害獣駆除や狩猟で銃を使う機会も多く、地元の様々な大会で優勝を重ねたこともあり、射撃の腕前に彼は自信を持っていた。

彼が軍隊に入ったのは、昨年二月、オーストラリア北端の町ダーウィンを日本軍が突然空襲してきたことがきっかけだった。そのニュースは新聞のトップ記事としてエメラルドのような田舎町をも震撼させたし、旭日旗を背にゲートルでオーストラリア大陸に踏み込む、銃剣を構えた日本兵の禍々《まがまが》しい姿が「奴は南に攻めてくる」の文字と共に、町の辻々に張り出されることになった。それまで平和主義をとっていた連邦首相ジョン・カーティンもこれを機に徴兵制導入を訴え始め、ジャック・ドーソンも彼の回りの若者たちと同様、自ら進んで志願する気持ちになったのだった。ブリスベンで初年兵訓練を受けている間に彼の射撃の腕前が抜群であることが判明し、第二十旅団に配属当初から狙撃手としての任務が決まっていた。単独行動を常とする狙撃手は、正真正銘の殺し屋という印象を与えるのか、他の兵隊からは敬遠されがちであったが、ジャックにしてみれば自分の仕事は彼らのそれと何ら変わるものではなかった。故郷での狩猟も孤独な作業ではあるものゝ、男たちは皆やっていることだったたし、そんな仲間たちと飲んで騒ぐのがこの上なく好きなジャックだった。エメラルドの目抜き通りにあるホテルを兼ねた酒場に牧童仲間たちと繰り出し、バンダバーグ・ラムを飲みながらポーカーに興じるのが夜の一番の楽しみだった。人生にとっての大事な情報を、女のこと金のこと等、その場で得ることも多かった。実際、今回彼が軍に志願したのも、この酒場での話し合いが引き金になっていた。

得体の知れない日本という有色人種の帝国がオーストラリアを空襲した。日本は戦争ばかりしているアジアの島国で、最近は中国大陸にも深く侵攻している。ドイツ、イタリアと同盟を組んで世界を支配しようとしている。ハワイの真珠湾を攻撃してアメリカと戦争を始めた勢いでオーストラリア大陸にまでその魔手を延ばそうとしている。ダーウィンを空襲された今、俺たちに与えられた選択肢は、戦うか降参するか逃げるか、その三つしかない。どうするのか？　ジョン・

カーティンばりに彼らも問題を考えた。「選択肢はたゞ一つだろう。断固戦う。それしか無いだろう。ジャップに我々の土地を支配されていゝわけがない。オーストラリアは、開拓した俺たちのものだ」と意見は一致した。俺たち若者が戦わないで誰が戦うんだ、ということになった。それで彼らは皆、軍に志願した。こうした思いはそこゝで沸き上がり、町の若者たちの多くが入隊志願したのだった。

しかしながら全部が全部うまくいったわけではない。ドーソン家でも兄のケンと弟のジャックがそろって志願すると言い出すと、それを聞いた親たちは衝撃を受け、「せめて徴兵されるまで待てないものかねえ。お前たちが二人とも行ってしまったら、うちはどうなるの？」と母親は溜め息をついた。父親は何も言わずに黙りこんでしまったが、気持ちは母親と同じなのは明らかだった。兄弟二人の労働力が失われてしまうことが牧場にとってどんなに負担を重くするか、二人にはよく理解できた。それで二人は「おまえが残れ」「おまえこそ残れ」とお互いにやり合った。結局兄のケンが、徴兵されるまで待つことになった。父母はそれで一安心したが、国会を瞬《また》く間に通過した徴兵制が、若者を根こそぎ戦場に送りこむ勢いで発動し始めていたので、ケンが兵隊になるのも時間の問題だった。

悲しい表情で送り出すのが確実な両親だったが、ガールフレンドのエミリーにだけは彼の興奮を理解して貰いたいとジャックは思っていた。

「だって大切なことだろう？　俺はみんなを守る為に兵隊になるんだ」とジャックは言った。地平線近くにまで落ちた太陽は大皿のように拡がっていて日射しは和らいでいた。テンガロンハットを目深に被って光を遮りながら、その赤い夕陽をまともに身体中で受け止めているロングスカートのエミリーを見つめた。特に飾り気も無い普段着だったが、身体から花の香りがするエミリーは新鮮な果物のようだった。彼女の姿を眼に焼き付け、戦場にまで持って行こうとジャックは思った。兵士の仕事を勤め上げ、男としてもっと自信が持てるようになったら、彼女と結婚したいと考えていた。

「そうよね。判っているわ。親たちもそれは判っているんでしょうけれど、やっぱり心配なのよね」とエミリーは言った。

「牧場が？」

「あなたの命がよ」

「あゝ、そうだったね。やっぱり心配なんだろうね」

「私だって心配よ」

「あゝ。でも大丈夫だと思う。俺は生きて帰ってくるよ」とジャックは微笑《ほほえ》んだ。男として最高の笑顔を作ったと彼は思った。

「そう願っているわ」と頷いたエミリーの顔には憂いが浮かんでいる。「でも日本軍って獰猛《どうもう》なんだって聞いたわ。シンガポールでもマニラでも白人が酷《ひど》い目にあったってことよ」

「うん。だから戦わなければならないのさ。君たちがそんなことになったら大変だからね。戦うってことは大切さ、人生には」

「人生はいつも戦いですものね」と、そう言えば彼女の父親が、農地開拓は戦いの連続だった、と口癖のようにいつも言っていたのを思い出して、エミリーは言った。

「そう。嫌でも戦わなければならない時がある。人間であるために、と更に付け足そうとしたが、格好を付け過ぎな気もして止めた。「そういうわけだから、俺の志願は当然なんだ。仕方が無いことなんだね。きっと帰ってくるから、あまり心配しないで応援し続けてほしい」と愛しいガールフレンドの顔を見つめながら言った。

「そうするわ」と頷いたエミリーの顔に笑顔は浮かんでいなかった。未だ心配しているに違いないと感じ、

「ジャップなんかに負けるものか！」とジャックは言いきった。そう言ったものゝ日本人がどういう人間であるか、実際のところよく判らない面もあった。アボリジニ、ニューギニア現地人、カナカ人と、有色人種について色々見聞きしていた。白人が彼らを駆逐し飼い慣らす過程が一つのオーストラリアの歴史でもあった。白人は有色人種には決して背き得ない存在として自らの地位を固めてきていた。彼我の力関係は絶対的な差として両者の間に存在していた。ジャックの社会的な潜在意識にはそうしたものがしっかり根を降ろしていた。アボリジニやニューギニア人、カナカ人が白色人種の支配を脅かすなぞあり得ないことだった。しかし最近話題の日本人という存在は、それとは全く違うニュアンスを帯びていた。軍艦や戦闘機も優れたものを作って使いこなし、アメリカやイギリスという大国を相手に太平洋で暴れ回っている。「奴は南に攻めてくる」のポスターどおりの、血と硝煙の臭いのする何か忌まわしい存在なのだった。

ニューギニアの戦場にやって来て遭遇した日本兵は、ジャックの想像力を遙かに超えていた。彼らは常に死と共にあった。オーストラリア軍兵士に死をもたらす死に神という役割、それもある。しかしそればかりではない。日本軍自体が死そのものであった。彼らは死を恐れない。死に向かって突入する。確実に死ぬと判っていても、後から後からそれに向かって突き進む。累々と積まれる死体の山、それが彼らの塹壕だ。死屍《しし》の間から死者とも見まがう日本兵が銃弾を発射してくる。死の淵に横たう重傷者が血だらけの手で手榴弾を投げてくる。食糧も補給されず飲む水もまゝならない日本兵たちは、痩せこけて骸骨さながらにガリガリだ。それが死臭をまといながら風のように襲ってくる。奇襲はたいてい夜になされる。音も無く陣地に近づいた彼らは、いきなり刃物を振りかざして攻めこんでくる。青黒い肌に爛々《らんらん》と光る眼は、まさしく死に神のそれだ。夜も昼も油断はならない。ジャックがこれまでに出会った人間とは全く種類の異なった奇妙な生きもの。ジャングルという過酷な自然条件で、こうした連中を相手にする戦争は肉体も精神も休むこと無く、とことん消耗させられるものだった。

「見ろよ、又やってるぜ」双眼鏡を覗きながらテッドが言った。ウインチェスターのマウントベースに取り付けられたスコープを覗くと、整列をしている日本兵の姿が見えた。直立不動で緊張して横一列に並んでいる兵隊。その端から順に横っ面が張られていく。張られた時の音がこちらまで届いて来そうな程に思いっきり力をこめて叩《はた》かれている。疲労困憊の兵士の中には、叩かれるまゝに地面に倒れ、暫く立ち上がれない者も出てくる。そういう者を引き起こして鉄拳制裁は執拗に続く。

「あいつらも好きだなあ！」とテッドが舌打ちをしながら呟く。今回何があったかは判らぬが、とにかく日本兵は年がら年中、上官にビンタを喰らっていた。何か事あるごとにビンタ。彼らが窮地に落ちこめば落ちこむ程、その度合いは酷くなった。その調子では兵隊は上官に殺されてしまうのではないかと思われる程だった。兵士を死地に追いやる暴力的な恐怖支配。彼らの軍律を支える背骨に当たるものなのだろうが、戦場ではそれが自壊作用となって表れてくる。それならそれで、どんどんやって欲しいと皮肉に笑えた。刀を腰にぶら下げた日本の士官たちは、補給食糧を独占し、従兵を自分の召使い同然にこき使っている。餓死寸前のやせ細った兵隊たちを横目でにらみながら。あゝいう奴らは射殺に値する、と二等兵のジャックは覗きながら何度も思ったのだった。

兵隊たちが締め上げられる一番の理由は、天皇ヒロヒトに対する忠誠心に関係したことだそうな。日本軍は天皇の軍隊なのだ。元帥から二等兵まで日本兵はそれをよく認識している。輝かしい栄誉ある英国海軍もロイヤルの軍隊として知られているが、天皇の軍隊はそれとは違う。何故なら日本の天皇はそれ自身が神であるからだ。人間を自分に似せて創造したあのゴッドとは別の神として天皇ヒロヒトは日本人の上に君臨している。国が定めた邪教に従い、ばりばりの現役として生きている神。だからその威光は凄まじい。厳格な修道僧とも又違う、独特な価値観を持つサムライという死生観を強制するに至る。サムライとは腹を十字に切り裂いて自殺することを美徳とする兵士のことだ。珍しい光景として、朝、隊列が集合すると、決まって彼らはヒロヒトの住んでいる城の方向に向かって頭を下げる。戦闘が差し迫っていてもそれをやる。兵隊は天皇のしもべであること。その絶対的観念を朝から晩まで四六時中、耳元で説き続けられる。「東京がどっちの方向か、それだけはあいつら正確に判っている」とそれが彼らの遙拝に対するテッドの言葉少ないコメントだった。

アメリカ軍の中に混じる黒人兵の姿にも違和感を感じる、ユニオンジャックを片隅に掲げたオーストラリアの白人兵ジャックとテッドであったが、彼らからすると別種の生きものとしての日本兵の姿は際立っていた。天皇ヒロヒトの軍隊では降伏することは絶対に許されないのだ。捕虜になるくらいなら死んでしまえ。この教えは日本軍では徹底していた。ドイツ軍やイタリア軍とも全く違う、こんなに思いこみの強い軍隊は他にない。

或る日、ジャックの所属する歩兵部隊が、倒木で擬装された塹壕にこもる日本兵の一部隊を、激しい戦いの末に殲滅した際、一人残らず殺した筈の日本兵の中に只一人生き残ってしまっている者を捕獲した。武器類を全て取り上げ、塹壕から引きずり出して取り囲むと、その日本兵は「キル・ミー！」と叫び始めた。捕虜として観念すればいゝものを、「キル・ミー」と繰り返して止まない。涙ながらに「プリーズ」とまで付け足す。「生き残ったお前は最高にラッキーなんじゃないの？」と取り囲んだ兵の隊長が言っても、首を振って「キル・ミー」を繰り返す。元々気が立っていた兵士たちは、日本兵のこの態度に呆れながらも苛立ちを感じた。お前の願いを死ぬほど聞いてやりたいんだがな、糞軍規があってな、そうもいかないんだよ、と吐き出すように言う。でもまだ、「キル・ミー」は続く。この野郎、殺しちまいましょうよ、その方が面倒がはぶけますよ、と部下の一人が進言すると、隊長は「そうだな」と頷いて、自らのピストルをホルダーから抜き出し、日本兵に向けた。そして「殺してやるよ。もし、そうしたかったら、エンペラー万歳を叫んでも構わないぞ」と言った。日本兵は有り難そうに何度も頷き、瞑目《めいもく》して両手を合わせた。ピストルから発射された銃弾が頭を突き抜け、痙攣《けいれん》した日本兵の身体は地面に転がり、他にも転がっている死体たちの一つとなった。日本兵にはそれが一番相応しい恰好のように見えた。

ニューギニアという地獄の戦場では、相手の日本軍はそうしているが、こっちだって捕虜はとらない。それが当然のように思われてくる。戦時国際法なんぞは戯言《たわごと》に過ぎない。最後は死だけの戦場なのだ。

「日本軍は皆殺しされるまで戦いを止めないからな、この戦争は厄介なものになるぜ」と暗い顔でテッドが言う。その通りかもしれない。彼らを見ていると本当にそう思えてくる。日本人は皆殺しにされるまで戦争を止めないかもしれない。そう考えると暗澹とした気分になる。いつまでもいつまでも続く戦争。不快なジャングルの中で得体の知れない奇妙な生物と戦い続けるなんて、もううんざりなのだった。早くエミリーのいる故郷に帰りたい。彼女の柔らかい身体を思いっきり抱きしめたい。そして人間らしい毎日を過ごしたい。今週末はクリスマスなのだ。ジャップ共には全く関係ないだろうが、世界中が祝うイエス・キリストの生誕の日。この日、地上は愛で溢れなければならない。暫しのクリスマス休暇が与えられるだろうか。フィンシュハーヘンの戦局もやっと一段落しつゝある。ブリスベンへの一時帰国。うまくいくと、それは望めないことでもない。あゝ、そうなるとゞんなに良いだろう。主よ、お願いします、俺たちの希望を叶《かな》えてください、とジャックは祈るのだった。

第十章

十月十一日　サラワケット山系

ラエに集合してきた陸軍第五十一師団と海軍陸戦隊の尾羽《おは》打ち枯らした将兵八六五〇名はキアリをめざし、九月十四日の夜から、サラワット山系への苦しい行軍を開始した。道路も兵站も無い逃避行である。糧秣廠《りょうまつしょう》にあった全てを配給し、各自四升の米が全行程の食糧として渡された。南海支隊が実行したポートモレスビー攻略作戦時の経験に習い、有り合わせの木材で背負子《しょいこ》が急ごしらえされて兵の肩に担がれた。三十間《けん》の川幅に激流が走るブソ河に、敵機に発見されぬよう秘密裏に丸木橋を架け、渡河する作業から始まって、最初の数日間は頑固に繁茂したジャングルを草薙刀で伐開しながら進む毎日だった。その道程は平坦ではあり得ず、起伏激しく、蔓や木の根に掴まりながら断崖を必死に上り下りしなければならなかった。急峻な断崖を登るとき、自分の身体を支える両手を確保する必要があったのとそれ以上の重量を保持する余裕が無かったゝめに、兵器や装備が次々と放棄されていった。天皇からの賜り物としてこの上なく大切にしなければばならぬ銃器を放擲《ほうてき》するなぞ、皇軍にはあってはならない行為だったが、当然のことゝして実行された。脱落する者が多発し、道筋には行き倒れた者や自害した者の死体が陸続と残され、後続の兵士の眼をそむけさせた。遺体は埋葬されることもなく、虫がたかり腐っていくまゝに放置された。最初の日から隊列は崩れ、中隊は小隊規模に、小隊は分隊規模に、分隊は個人へと人数を減らし、上下関係の統制も自然に消滅していった。一人一人が自分の生命力に従って歩を進め、前後の兵士がどの部隊に所属しているかも判らなくなった。

手持ちの米を全部食べ尽くしてしまった石村三男伍長は、このまゝでは必ず行き倒れると予想されたので、一人道を逸れ、山川伝いに人家のある部落を探した。履いている軍靴は死者から奪ったもので、底が剝がれて土が入ってきたが、紐で縛って辛くも足を守っていた。日本軍が通過した後の部落は何処も現住民は逃げてしまっておらず、家の中は勿論、畑という畑の食べられる物は全て奪い尽くされ、糞尿の山が残されているだけだった。軍が未だ足を踏み入れていない部落を探す必要があった。幸い日本兵は、定められたルートから逸れようとはせず、全員が同じ道を辿っていたから、石村の行動を邪魔する者はまず見当たらなかった。しかしサラワケット山系の奥深くに人の住む部落なぞたくさんあるわけもなく、もし見つかったとしても槍や弓矢で武装した原住民に何をされるやも知れぬ。充分な警戒が必要だった。石村は自分の小銃を未だ捨てゝいなかった。原住民と対峙する時、これがどんなに重要であるかを知っていた。中国大陸でも糧秣は現地調達するのが日本軍の常だった。石村は大陸で徴発隊の一員として何度も農家に押し入り、穀物や家畜を奪ってきた。それを取られたらその農家が暮らしていけなくなるのが判っていても、軍のために強奪した。人々を殺し、村を焼くことさえしばしばだった。武器無しにはとても出来ない作業だった。だからこゝでも小銃と剣はしっかり保持していた。

とにかく食糧が必要だった。喰う物さえ調達できれば、また行軍に復帰するつもりでいた。隊列から離れるという行為は、縹渺《ひょうびょう》と広がるこの未開の地に呑みこまれ消化されてしまう恐怖を伴っていた。人が生きるためには水が必要だから、それ故、水の流れる所に人が住むのではと推量し、石村は水流沿いに歩を進めてきた。そしてとうとう、獣道さえ見当たらない原生林に、人の通る道と思われる一本の筋を見つけた。それを遡行《そこう》しているうちに、これは生活道に間違いないと確信するようになった。川の流れを下にして道は斜面を登るようについていたが、急な所では根や石を使って段差が出来ていた。人間の手が入っているに違いなかった。人家もこの近くにある筈と考えられた。更に警戒心を高めて前進していくと、人の声が聞こえてくるではないか。女と子どもの声が近づいてくる。取り敢えず石村は藪の中に身を隠した。歌を歌いながら道を降りてくる、腰蓑を巻いた女と子どもの姿が見えた。女の胸には網袋に入った子豚が赤児のように抱えられている。しめた！　と石村は舌なめずりをする。あれを奪おう！　石村は銃を構えて飛び出した。女は恐怖で顔を歪め、子どもは水瓶《みずがめ》を頭に乗せたまゝ立ち尽くした。子豚を指さし、それを寄こせと指図するが、女はいやいやをして守ろうとする。この期に及んでそれはあるまいと石村は女を睨みつけ、乱暴に網袋ごと獲物を強奪しようとする。女は抵抗したが石村に腕を捻じ上げられ観念した。女に加勢する気配を見せた子どもゝそれを見て泣き顔のまゝ固まってしまった。子豚の入った網袋を自分の肩にかけ、川に向かって逃げ去る石村の背中に向かって枯れ枝を投げつけながら二人は罵声を浴びせる。

他の人間が来る前に出来るだけ遠くに逃げなければならない。石村は自分が来た道を必死で駆け戻っていった。もう大丈夫かと思われる地点まで戻ると、彼は子豚の頸動脈を切り、逆さにして血抜きをし、生肉と肝臓に食らい付いた。手や顔を血で汚しながら、今の今まで息づいていた新鮮な肉の味を噛み締めた。内臓を川の水で洗い、小枝の串に刺して焼いて食べた。久しぶりに食した贅沢だった。これで命がつながった。しかし、絶食の後にたくさん肉を食べるなんぞは身体に悪いに違いないという考えもあった。それで部位ごとに切り分けて洗浄し雑嚢に保管することにした。少しずつ食いつないで行けば暫くは大丈夫だと思う。暫くと言っても数日の範囲だろうが、それでも石村は再び行軍の隊列に復帰する気になっていた。

元来た行程を遡《さかのぼ》り、彼が離脱した地点を目指した。尾根に近いその場所は直ぐに判った。大勢の日本軍兵士が足を引き摺りながら踏み分けた道には、血液や体液がこびりついたように、異質な匂いが漂っていた。石村が着いた時、腐った死体が転がっている他には兵士の姿は見当たらなかった。もう全部通り過ぎてしまったのかなと思いつゝ、後を追うことにした。ルートは確実に判った。しかしその日一日、只の一人の日本兵にも会わなかった。本当に一人取り残された気持ちがして寂しかった。夜になって、食用に採取してあった草と豚の断片を粉味噌を混ぜた湯で煮て豚汁を作った。出来上がると鍋に使った飯盒《はんごう》から旨そうな香りが吹き出した。

「旨そうだな。少し分けてくれんかなあ」と後ろから声がかゝった。予期せぬ声に驚いて石村が振り返ると、以前何処かで見た顔が懇願している。やつれた阪妻……。しげしげと顔を見つめる

石村に、

「軍医の柳井だ」とその男は愛想笑いを浮かべた。ラエの野戦病院で脱臼を治して貰った軍医だった。

「あゝ、軍医殿。その節はお世話になりました。さあ、どうぞ、どうぞ」と心に無かった言葉が口から出てきた。柳井軍医の後ろにもう一人男が立っていた。襟章は赤い三本線に星一つで少佐であることを示していたが、顔色は死人のように血の気が失せていた。「少佐殿も、どうぞ」と矢張り心とは裏腹に、無けなしの豚汁を分け与える言葉が出てきた。

「第四大隊の矢本じゃ。ぼっけえ貴重なもん、済まんのう」と大隊長は頭を下げた。見たことがあるとは感じていたものゝ、自分が所属する大隊の隊長を認識できなかったことに、石村は我ながら驚いた。その大隊長がぽつんという不思議さを説明するように、「マラリアの熱発がえれえでどうならんじゃけん、もうおえんじゃが、軍医だけは諦めんで付き添ってくれちょる」と言った。「隊はもう全くばらばらになってしまった」と柳井は付け足した。

それぞれが自分の飯盒の蓋《ふた》に盛られた豚汁を大事そうに口に入れた。「旨いなあ。こういうもの食べるのは何日ぶりだろう」と柳井が呟いた。

「未だ豚の蓄えがありますから、後何回分か食べられますよ」と石村が言うと、

「済まんのう。わしは米を多少持っちょる」と矢本は言った。

「私の持っているのは雑嚢《ざつのう》に入っている薬だけだ」柳井は残念そうに言った。絶壁を登る時に救急箱を含め、薬品と医療用具を放棄してきた。飽くまでも保持にこだわった看護兵は彼自身もろ

ともに崖下に落ちていった。しかしあの看護兵の方が正しかったのかもしれない、とさえ柳井には思えてくる。医薬品を失った看護隊なぞ、どれほどの意味があるのか。しかも食糧は無く、身体を休める場所も時間も保障できない。出来ることは、ただ気休めの言葉をかけることか、黙って最期を見届けることぐらいしか無い。医療行為なぞ全く実施できない状態なのだ。ポートモレスビー攻略作戦から敗退し始めてから、ずっとこんな環境が続いている。この間に幾つの死を見届けてきたことだろう。何千という数に及ぶだろう。元より医療は健康な状態を保つためにある。しかし柳井がずっとやり続けてきたのは、冥土への送り出し。膨大な数の死を確認しせっせと送り状を書くこと。それだけだった。これで軍医と言えるのか。そもそもこの軍隊に軍医なぞ必要なのか。ニューギニアという魔境の中で兵站線も無いまゝに無理な作戦を強行する軍隊には、最初から医療活動なぞ想定されていないと言えよう。次々と死の淵に落ちていく兵士の姿を見るにつけ、心に溜まる絶望は黒く固く増大していった。やるべき仕事は眼前に気の遠くなる程の数で横たわっている。しかしそのどれもに対し、良くてせいぜいお茶を濁す程度にしかかゝわれない。こんな自分は到底医者とは言えまい。自分も必死で死に神の魔手から逃れようとする兵士の一人に過ぎないのだ。そして今、ほとんど脱落組と言える、隊列の最後の最後になってしまった。同行の矢本武生少佐は南海支隊時代から一緒に作戦に従事してきた。餓死者が続出する戦線でよくこゝまで生き残ってきた。しかし矢本は重篤なマラリア患者で、この山を歩行しながら死線をさまよっている。部下の一人も残さず、先に行かせたのは彼が自分の死を決意したためだろう。柳井が彼を救い出し、一緒に行動し始めたのは矢本にとっては迷惑な行為だったかもしれない。しかし幸い、柳井の雑嚢の中にはマラリヤの薬アクリナミンがあった。これを飲ませ、ゆっくり行動すれば或いは治癒するかもしれない。そう考えて柳井は矢本に気長に付き添うことにしたのだった。

石村三男の豚肉、矢本武生の米、柳井玄太のアクリナミン。雑嚢に入っていたそれらの物が三人を一緒に行動させることになった。

三人は矢本の体調に合わせてゆっくり前進した。死臭に覆われた山道は起伏を繰り返しながら次第に高度を増していった。高度が三千メートルを越えるぐらいになると辺りの風景は一変した。鬱蒼と茂っていたジャングルは消え、灌木の林となり、何処か近くで叫び続けていた野鳥の声が空高く響くものに変わった。汚れるだけ汚れ、ほころび破れた半袖夏服では寒さを感じるまでに気温は落ちた。

「寒いのう」矢本は腕を摩《さす》りながら言った。しかし事態はその程度のものではなかった。先へ進むにつれ木々の姿はめっきり減り、冷たい水が溜まった地面に草だけが生える湿原状態となった。雲は霧となって流動し、彼らに吹きつけ、服を濡らした。冷気に湿った身体は、ガス状の霧を肺いっぱいに吸いこみながら寒さで震えた。

「山の上には農園があるなんて誰かゞ言っていましたけど、そんな様子はありませんねえ」と石村が呆れたように言うと、

「そりゃあ、でえれえ嘘じゃが」と矢本は首を振った。

「身体を動かしていれば寒さもしのげるよ」という柳井の言葉に励まされ、歩みを続ける。吹き

付ける雲霧に身を屈めながら三人は寄り添うように冷たい道を歩いていった。草の丈は次第に短くなり、足下の水が凍りついたようになってきていた。道端に転がる死体の数が増す。時々顔を覗かす空は紫がかった悪魔の色だ。幅百五十間程はある尾根に出た。雪と氷に包まれた緩傾斜面のツンドラ地帯。所々に立っている木の枝葉に氷柱《つらら》が下がっている。それをもぎ取って水筒に入れる。氷の張った岩肌に靴底が滑る。

「どうやら山頂に出たようだな」と喘《あえ》ぎながら柳井が言った。

「随分高くまで登ってきましたなあ」と石村が言うと、

「高い山は四千数百メートルあるって聞いていたから、我々は今少なくとも高度四千メートルぐらいの所にはいるだろう」と柳井が言った。

「富士山より高いんだもの、寒いわけさ!」と石村が腹立たちそうに言うと、「空高うに口を開けちょる地獄の一丁目やなあ」と矢本は道端の死体を見ながら言った。転がって凍っている兵士は列を成していて、この山頂へ来て更に多くの兵隊が凍死した事実を示していた。「もうとおに地獄へ《へ》は入えとるか」と思い直して矢本は言い足した。

「早くこの山頂を抜けないと本当に死ぬぞ」とあらためて柳井は告げた。三途の川端を死に神背負いながら歩いている気分が続いていた者にとって、その言葉は余りにも当たり前な言辞に響いた。

山頂部を早く通り抜けようと、台状のツンドラ地帯を早足で進む。凍りついた木の根肌に針のように固い草が絡みついている。風は止み、紫色の天空が遙か頭上を蓋のように覆っている。周囲一円には雪を帯びた山の頂きがぐるりと囲む景色が見える。その中でひときわ高い山のてっぺんに彼らはいるのだった。ガスを吸いこみ過ぎたせいか、高度で空気が薄くなったせいか、はたまたこの身を切る寒さのせいか、三人の意識は朦朧《もうろう》としてきていた。早くこゝを抜けなければ、とそればかり念じながら凍りついた道をよろよろと進んだ。空の色が青紫から赤紫へと変わってくる頃、三人は北海岸方面へと向かう山頂北壁の真上に達した。そこから下を覗きこみ、

「これは！」と息を呑む。そこがルートであることを示すロープが下に向かって通ってはいた。しかしその斜度は八十度以上はあろうかという絶壁。それが下に漂っている雲中に沈んでいく程に、どこまでも下に続いている。ロープがどの辺まで延びているのかも確かめられない。想像を絶する急峻な崖だった。登山を専門にやっているような者だけが挑戦するような場所だ。途中で落下してしまった兵士もきっと後を絶たなかったに違いない。夜に向かってこんな所を下るなぞ不可能だった。

「今からこれは下りられないな」と柳井は溜め息と共に呟く。空には一つ二つと探照灯のような星が光り出している。

「なんぼうにも、おえりゃあせん。もうどうならんぜ。こゝで野営じゃ」と矢本は岩の上に腰をおろした。そうと決まれば早速野営の準備だ。付近にあった木を四尺程の長さに切って小屋に組み立てる。水苔が回りについて太く見えていた枝も実際は細い。それを使って三人が身体を寄せて座って入れるだけの小さな小屋を作った。それから手に入るだけの草を刈り集めて壁と屋根に厚く盛った。幸い風は未だ強くなっていなかったが、組んだ枝に草をしっかり紐でくゝり付けた。

「今夜越せるかどうかゞ勝負じゃけん、この米全部食《た》びょうえ」と矢本がありったけの米を出し

た。ありったけと言っても三合程だったが、それでも三人にとっては信じられないようなご馳走だった。米を使い切ってしまうことに不安も過《よ》ぎったが、矢本の並々ならぬ思いを感じ、有り難くいたゞくことに異論は無かった。別の飯盒で豚汁も作ることにした。豚もこう終わりだった。水は三人の水筒から寄せ集めた。薪は枯れ草や枯れ枝等、燃やせそうな物はことごとく集めて小屋の脇に積んだ。しかし最大限に努力しても、結局集まったのはとても心もとない量に過ぎなかった。生煮えの米を豚汁に入れて、おじやにして煮込んだ。満天の星の下で僅かな焚き火だけを頼りに三人は身を寄せ合って最後の晩餐を掻きこんだ。

「全部喰ってしもうた」と食べ終わった矢本が言って、「身軽になったとみい」と笑った。

「明日の崖下りには身軽な方がいゝ」と柳井が頷いた。

「崖下りのう。わしに出来るじゃろか。……死ぬ時を遅らせ過ぎたのう」と矢本が弱音を吐くと、

「諦めてはいけませんよ。生きる望みを持たなけりゃ」と柳井が励ました。

「生きる望み?」矢本は不思議な言葉を聞いたように柳井の顔を見た。

「あるでしょう。人間の本能なんだから。……あるよな?」と柳井は石村に話しを振り向けた。

「俺の生きる望みは、もう一度ナッちゃんと裸のつきあいをしたいというぐらいかな」と石村は砕けた調子で答えた。

「ナッちゃんって、お前の女房か?」

「いえ、軍医殿はご存じないですか。ラバウルの慰安所にいる女の子ですよ」

「慰安所の?」

「えゝ。慰安所だけが兵隊の楽しみですからね。大陸でも随分やっかいになりましたが、ラバウルのナッちゃんはいゝですよ。出来ることなら、死ぬまでにもう一度、いや二度三度、通いたいものです。まあ、それだけが生きる望みってところでしょうか。軍医殿は慰安婦を買われないのでありますか？」

「妻がいるのでね」

「それとこれとは別でしょう」

「そうかなあ」と言って柳井は黙りこんだ。俺の場合は恋愛結婚だからな、という言葉が出かゝって止めたのだ。岩手医学専門学校に通っている時に下宿していた家の娘だった。名前は英子と言った。卒業後、帝大病院への就業も決まり、徴兵検査も乙種第一で直ぐに入営の義務は無かったので、結婚を決めた。帝大病院で修行を続けながらアルバイト等もして収入を得、英子と二人三脚の結婚生活に入った。夫婦の持ち物は何も無かったが、お互いに愛情と信頼だけは確かなものとして持っていた。結婚一年後に長男が誕生した。進一と名づけた。育児にいそしむ妻の姿がまぶしかった。他の女が入りこむ余地など全く無かった。

「柳井軍医、あんた徴兵されたんか？」と矢本が柳井に聞いた。

「いや、それがね、医者はもうみんな兵隊に取られるという戦局になってきたんでね、私のような第一乙種は十割が兵役だということだったたんでね、短期現役を志願したんですよ」と柳井は答えた。

「軍医候補生だと、二ヶ月の訓練の後、見習い士官二ヶ月で軍医少尉じゃわな。二年間軍医をすれば予備役に回されるという寸法じゃろ?」

「そんなところです。でも大東亜戦争が始まって、その寸法が狂ってしまい、三年目も過ぎようというのに地方に帰れる目途《めど》は全然無いってわけだ」と自嘲する笑顔を見せる余裕も無く真顔で答えた。

「生きる目途さえ無《の》うなっちょる」と矢本は凍りついたような無表情で呟いてから、肩に羽織った天幕の半分を襟元で寄せた。残りの半分は今夜一夜の焚き火の燃料として三人とも供出していた。

「希望を無くしてはいけない」と柳井が独り言《ご》つように言うと、

「死ぬ覚悟ばとうに出来とる筈じゃけど、死にぞこなってしもうた」と矢本が言った。「わしも志願兵じゃけん、御国のために死ぬ覚悟は人一倍持っとった思うちょる」

矢本武生は岡山県師範学校卒業後、直ぐに陸軍入隊を志願、香川県善通寺の第五十五師団に入隊した。ノモンハン事件も起こり、大陸の戦況も深刻化している時だった。志願するのは日本男児として当然という思いと、あれが失敗の始まりだったという思いが交錯する。生まれ育ったのは瀬戸内海の屋代島。父は小学校の教師をしていたが畑を持っていて、主に祖母と母の手で野菜やみかん等を作っていた。みかん栽培は大した手間がかゝらなかったが、収穫の時期には武生も弟妹と一緒に手伝った。柔らかな陽光に包まれて島の斜面いっぱいに実った黄色い果実。心地良い季節の微風と甘酸っぱい感触を味わいながら収穫する時、子どもたちは黄色い声を上げてはしゃぎ回ったものだった。

「屋代島は村上水軍の本拠地じゃでな、お祖父《じい》さんは松下村塾に通った長州藩士じゃった」というのが父の自慢の一つだった。「みかんはその頃からずっとこの島で作られちょる」ということだった。お祖父さんたち長州藩士が起こした明治維新はそれまでの幕藩体制を倒す大革命じゃった。その革命によって日本はアジアで初めて欧米列強に伍する強国の一つとなったのじゃ。武生は長州の生まれじゃけん、お祖父さんたちに負けんよう頑張らなけれゃならんよ。そう言って坊主頭を撫でてくれた父は武生が通う分教場の先生だった。親が教師という状況は随分安心なものだったが、そういう親子の気分を持ちこまないよう父は気をつけていた。それでいつの間にか父と武生や弟妹との関係は、常に先生と生徒の関係のようになった。家庭にいつも先生がいるような感じだったが、武生はそれも悪くはなかった。先生と父親とを使い分ける方がより不自然だとさえ思った。家族そろって文部省唱歌を歌ったのも良い思い出として残っている。そうしているうちに自分自身の仕事として父のような教職も悪くないと考えるようになり、師範学校に入った。師範学校時代は大日本帝国が中国大陸へ深く侵攻して行く時局と重なり、卒業したら直ぐに入隊すると主張する者の数が寄宿舎の中でも増えていった。教職に就《つ》いても直ぐに徴兵される可能性もあった。そういうこともあり志願入隊を決めたのだった。その決意を告げると母親は涙を隠し、父親は無言で頷いた。屋代島では、さすがに矢本家の長男と、村を挙げて日の丸の小旗を振って送ってくれた。武生は常に同年期の先頭走者だった。それしか選択の余地は無かったと今でも思う。しかし自分自身が何処かの学校で父のように教師をしている姿を思い描くこともある。どんな先生になっていたか定かではない。しかし今のような軍人の姿とはまるで違ったものであることだけは確かだった。〈雨がやむ、雲が散る。雲のあとにうねうねと、青葉若葉の山々が遠く近く残る〉と、爽やかな季節に文部省唱歌を子どもたちと一緒に柔らかな日射しを浴びながら歌っていたかもしれない。しかし今、凍りつくような夜気に包まれる中で「その夢は永遠に無《の》うなってしもうた」と思うのだった。

漆黒の夜空に無数の星が瞬《またた》いている。氷のように冷たい光が煌めきながら降り注いでくる。周囲三六〇度を眼下に見下ろす岩山に取りついている者にとっては、その無機質な風景は峻険《しゅんけん》で、一切の生命活動を峻拒《しゅんきょ》しているようにしか見えない。気温はどんどん低下している。とうに零度を割っているに違いなかった。三人は、集めた枯れ木や小さくちぎった天幕の断片を少しずつ火にくべて小屋の中の焚き火を守る。少しでも体温を保とうとお互いに抱き合って摩《さす》り合った。そうして陽の差す夜明けをじっと待った。そんな彼らをいたぶるように時は如何にものろのろと進み、夜は更に深く更《ふ》けていった。燃料もこれ以上無い程に細くなり、このまゝ身体が凍ってしまうのではないかという寒さの中で感覚も麻痺し始めていた。夢うつゝの状態で雪野原をふらふらさまよっていた柳井の意識は、うわぁ！　と言う矢本の悲鳴に呼び戻された。胸が！　胸が！と叫びながら矢本は自分の左胸を押さえている。「どうした？」と柳井が耳元で聞くと「痛い！胸が締め付けらりょる！」と喘《あえ》ぐ。胸に耳を当てると、早鐘のように打ち続けたり突然止まったり、爆発するように又打ち始めたりと、大変な不整脈。重症だ。痛い痛いと、のたうち回る矢本を怯えたように眺めながら、石村は「何が起きた」という表情で柳井に眼を向ける。「狭心症か心筋梗塞だ」と軍医は暗い表情で答えた。薬も何も無い。どうしようもない。「危ないのか？」の問いに「あゝ、見ての通りだ」と答えた。その言葉どおり一時間以上の間、矢本は七転八倒し、その末に鬼のような顔付きでとうとう息を引き取った。人工呼吸や心臓マッサージを繰り返したが生き返ることは無かった。

第十一章

十二月二十五日　ラバウル

第八方面軍司令官今村大将は、第二方面軍参謀副長の寺田少将とラバウルの司令部事務室で話しをしていた。阿南惟幾《あなみこれちか》大将率いる第二方面軍は、豪北（蘭領東印度東部）方面防衛のために大本営直属軍として、十月三十日、満州からセレベス島のメナドに転用されてきていた。西部ニューギニアも第二方面軍の担当となった。東部で激しい戦闘を続けている安達中将の第十八軍と共同するために話しを進めなければならないことがたくさんあった。同時に、十一月一日、同じソロモン諸島のブーゲンビル島タロキナ、十二月十五日、ラバウルがあるニューブリテン島の西部南岸マーカス岬へ、連合軍が上陸してきた攻撃に対しても作戦の検討が必要だった。

専属副官ら四人を交えて話しを進めている午前十一時頃、空襲警報が鳴った。十月中旬よりほゞ毎日、B17を主力とする戦爆協同の百五十機から四百機の大編隊が定期便のようにラバウルを空爆しに来るのだった。クリスマスでもやっぱり来るか。子どもの頃から教会に通い、聖書を座右に置いていた今村は、一瞬残念に思う気持ちが頭を過ぎった。軍司令官として、戦争の論理があらゆる論理に優越することは判りきったことではあったが。今村は、メリー・クリスマスと小さく呟いた後ぞくっと悪感を感じて、そこにいる者たちを防空壕へと急がせた。

コンクリートで固められた二十五尺の地下深くに設けられた小部屋である。ローソクに火をともし、今村と寺田は部屋の一番奥の空気孔に近い場所に腰を下ろした。会議が再開され、今村がマーカス岬からの戦況電報を読み始めた時、突然ローソクの火が消え、大きな落下音と共に部屋全隊が押し潰されたように崩落した。今村の身体は、背中に太い材木が横たわり、拘束されたように動きが取れない。爆弾が直撃したのだ、と気がついた。空気孔からもれてくる僅かな光が今村の回りに開いた小さな空間を視野に入れた。部下のいた場所は瓦解したコンクリートに埋まってしまっている。生きている者はいるか？　今村の口からやっと声が出た。それに答えるように奥の方から苦しそうな唸《うな》り声が聞こえてきた。がんばれよ！　それしか言うことは出来なかった。材木の下からどうにか身をよじり出し、床下との間の小さな隙間を移動して、光の落下する空気孔に頭を差し入れた。登れそうだ。必死で登り続けた。地獄から蜘蛛の糸をよじ登っているようだった。やっと地上に這い上がると、五十名ほどの兵隊たちが懸命に壕の掘り出し作業をしているところだった。今村は自分が登ってきた穴に向かって「空気孔を登って来い。出られるぞう！」と何度も叫んだ。暫くして疲れ切った寺田参謀の血の気を失った顔が現れた。

ちょうど同じ頃、港付近にある防空壕では、行李《こうり》を携《たずさ》えた和服の女二人が抱き合って震えていた。敵の戦闘機は、動いているものを見つければ女であろうと犬であろうと何でも見境無く銃撃してきた。たまに日本の戦闘機がそれを追いかけるようなことはあり、高射砲や機関砲からは相次いで砲弾が飛び出るが、地上にいる者はその戦果を見物している余裕はない。爆弾や銃弾に当たらぬように、じっと身を潜めているしかないのだった。

「もう行ってしまったのかしら？」と青っぽい絣《かすり》の浴衣《ゆかた》を着た女が聞くと、

「解除は未だみたいだけど」と臙脂《えんじ》がかった浴衣の女が見えぬ空を窺《うかゞ》うように顔をめぐらせて答えた。着崩した着物は使い古してくたくたになっていたが、この時期こんな場所で和服姿は極めて珍しかった。そもそも女がこゝにいること自体があり得ないことではあった。近くにいた国民服の男が、

「ちょっと『浦波』を見てくる」と言って壕の外に出て行った。

「沈められていないといゝけど」と青っぽい浴衣の女は呟いてから、「ナッちゃん、身体の方は大丈夫？」と臙脂の浴衣の女に聞いた。

「脚が固まってしまって痙攣しているの」とナツは出てくるシャックリを抑えながら答えた。

「あゝ、それロクロクの副作用よ。吐き気もしない？」

「する」

「でも注射して貰っただけでもナッちゃん幸せよ。アカチンだけで終わりにされちゃう子もいるんだから」と女が言うその注射とは黄色い薬の六〇六号注射のことで、ナツが梅毒に罹患したので軍医に打たれたのだった。「ロクロク打って貰えれば梅毒なんて直ぐ治ってしまうよ。旅に出

ている間、商売しないで済むし、ちょうど良かったじゃない」

「私たち何処《どこ》へ行くんだろう？」

「アキャブとか言ってたよ」

「アキャブ？」

「ビルマだって」

「ビルマ……」

「遠いよね」

「もう私、帰りたい」

「帰るったって何処へ帰るのさ」と言われると、ナツも考えこんでしまう。ソウル？　チェジュド？　どちらも彼女の帰る場所だろうか。

「カエデちゃんだったら、何処へ行きたい？」

「内地かなあ」

「内地って、日本のこと？」

「そう。大阪に行きたいの」

「ふうん」そういう方法もあるのかなとナツは思った。しかし何はさておき、紹介所から父が受け取った前借り金を返してしまわなければならない。行李の中には軍票がたくさん詰まっている。しかしこれだけでは未だ足りないのだった。

「『浦波』は大丈夫だった」と戻ってきた国民服の男が言った。

「橋本さん、本当に私たち乗れるんでしょうね？」とカエデが聞くと、

「まさか、俺を信用しないんじゃないだろうね」橋本は眼をぎょろりと剝《む》いた。

「そういうわけじゃないけど……」とカエデが口ごもっていると、

「お前たちをこゝまで運んできたのも軍艦だったじゃないか。判っているだろうに、俺と軍との深いつながりを。俺は軍艦を使えるんだ」と現役時代と同じ恰好の口髭を撫でながら橋本は言った。

「はい」と女たちは頷いた。軍属である橋本の軍との並々ならぬ関係はよく判っていた。客商売とはいえ、兵隊たちを指図さえする橋本はまるで現役将校のようだった。彼女たち慰安婦に対する態度も軍隊さながらに厳しかった。お国の為の滅私奉公、その一点で全てを取り仕切っていた。彼女たちをカエデ、ナツというように日本名で呼ばせたのも彼のやり方だった。客に対しては勿論、普段から会話は日本語を使えと命令し、橋本がその使い方を厳しく指導した。浴衣や敷き布団というのも彼が決めた形だった。尤も、それが一番安上がりで兵隊たちに対しても効果的だという理由もあった。

「大丈夫、今夜『浦波』は予定通り出航する」と橋本は受け合った。もう彼女たちは本当に最後に残された女だったのである。

　戦況の悪化と共に秋頃から、ラバウルにいる看護婦や慰安婦らの退去が促されていた。最盛期には四十箇所以上もあった慰安所は次々と店をたゝんだ。女たちを別の地へと運んだのは、白地に大きく赤十字を記した病院船『ぶえのすあいれす丸』。十一月末までにはほゞ全ての女性の退去

が完了したことになっていた。しかし橋本は、未だゝ未だゝと女たちを船に乗せようとはしなかった。女の供給が減ればそれだけ儲けが増えるということもあった。いざとなれば軍艦で運んでやるという切り札が彼にはあった。しかし戦局は予想以上の深刻さで悪化し、十一月二十六日出航の『ぶえのすあいれす丸』には店で働かせていた慰安婦の大方を乗せることゝなった。あろうことかその病院船はラバウル出港の翌日空襲され撃沈されてしまった。自分の慰安婦のほとんどを海に沈めてしまった橋本は「やっぱり軍艦でなければ駄目だったな」と残った女二人に悔しそうに言ったものだった。

それから一ヶ月、慰安所は洞穴に移され、女二人で商売は続けられてきた。岩の上に茣蓙《ござ》を敷きそこに布団を敷くというやり方は以前と余り変わらないものだったが、暗い穴蔵は湿気もひどく息が詰まった。手洗い所も満足なものが無く、戦場から帰ってきた者や洞窟掘りに動員された者たちの汚れきった身体は動物のように臭かった。死にぞこなった者たちとこれから死につゝある者たちの、生に対する飢渇は物狂おしくおぞましかった。汗と精液と涎と埃にまみれた時間。しかしそれも今に始まったことではなく、慰安所で仕事を始めた時から程度の差こそあれ同じような状態だった。

軍艦で一ヶ月半かけて着いたパラオで初めて仕事の内容を知らされた時、恐怖と嫌悪で戦慄し、倒れそうになった。大海に囲まれた小さな島で逃げようにも逃げられない。自分の運命を呪い、これから生きていくことにすっかり絶望したものだった。

ナツと呼ばれる女の本名は高玉珠《コオクジュ》。チェジュド東部の海辺にある小さな村で生まれた。海伝いに城山日出峰《ソンサンイルチュルボン》の巨大な岩山がどっしり構えていて、海で働く人の心の拠りどころとなっていた。海から溶岩が噴出して出来た台形状の火山と美しい海洋が構成するその雄大な風景は、活火山と綺麗な湾を持つラバウルに来てからも、あれが一番綺麗だったと懐かしく思い出されるのだった。名前が示すように日の出はその岩山の後ろから始まる。赤い朝焼けに始まって、全てが黄金に輝く澄み切ったその世界は天国を思わせた。日の入りは反対側、チェジュドの中央に聳える漢拏山《ハルラ》の頂きから太陽が落ちていく。二千メートル近い漢拏山は雲に隠れている場合が多かったが、天気の良い時には緩やかに傾斜する山の全容が望めた。

生まれた村のどの家も同じような暮らしぶりであったが、火山土を耕した貧しい畑と豊富に穫れる海の幸から成る半農半漁の生活だった。漁業と言ってもその主な担い手は女で、海女《あま》として魚介を収穫した。玉珠の眼には母親《オモニ》が網いっぱいに詰まった漁獲物を市場に運びこむ逞しい姿が焼き付いている。畑作業も主に女が行い、村が共同して持つ畑で野菜を作った。男たちは村の放牧場で馬の世話をしたり女たちの仕事を手伝ったりしていた。李王朝時代こゝは流刑地として使われたことから、囚人の子孫であるだけに女も男も一癖違うのだとうそぶく者も多かった。しかしどの家もそれ程の蓄財があるわけで無し、泥棒の心配は無かった。茅葺《かやぶき》の家々には鍵など無く、不在かどうかは入口の柵の棒で示した。こうして村全体が貧しいながらも自給自足するような恰好で生活していた。

しかし帝国陸軍の進駐と日本資本の進出が強まる度合いに応じて男たちの様子が変化していった。商品が出回り租税が強化されると、どうしてもお金の重みが増した。飛行場の敷設や火山洞窟を利用しての要塞作り等の仕事が続くと収入も乱高下し、不安定なものになってきた。日本内地に出稼ぎに行ったり、その日暮らしの賭け事に夢中になる者も増えた。賭けの形として女が売買されることもあった。

　チェジュドに男はいない、と言われるほどこの島に女の数は多かった。玉珠の家も彼女を筆頭に四人の子ども全部が女だった。働き手が女なのだからそれで苦になる理由は無い。父親《アボジ》も同性がいなくても不平を言うことは無かった。それは彼が女性たちを尊重したからではなく、売買の対象になることを知っていた為であったと玉珠は確信している。彼女のアボジに対するイメージは、どうしようもない不幸の運び屋である。賭けの形として玉珠は売られてしまったのである。それを知ったオモニは激怒し、子どもは絶対に渡しませんと四人の娘たちを引き連れ、石おじさん《トルハルバン》の見守る村を抜け出した。夜逃げだった。

　流れ着いたソウルでの生活はチェジュドにいる頃よりずっと苦しいものとなった。白ずくめの上衣《チョゴリ》や裳《チマ》、周衣《ツルマギ》が無残に汚れてしまいながらも尚働き続けているオモニの姿が眼に浮かぶ。皇民化政策の一つとして色衣が奨励され、白い着物が疎んじられる風潮になってはいたが、オモニの服装は相変わらずの同じものだった。小さな四女は三女が面倒を見た。二女は玉珠と同じ様に働ける年頃になっていたので一緒に働いた。担手《チゲ》や天秤棒をかついで物を売った。冷麺屋で働いたり女中をしたりもした。学校とは最初から全く無縁だった。それでも貧しさからはいっこうに抜け出せなかった。市内の一角にある貧民窟のあばら屋に住居し、食べる物にはいつも不足していた。夏は、丸々と育ったものが一つ五厘で買えるマクワ瓜ばかり食べた。

「おいしいね」縁側に並んで腰掛けて四人がそれを食べている時、不幸が降り立った。彼女たちの前に突っ立った不幸は、子どもたちの名前を順番に懐かしそうな声で呼び、「会いたかった！」と泣き顔になった。「玉珠、済まなかった」と謝りもした。……そして住みついた。オモニもゝう何も言わなかった。

しかし不幸は所詮不幸だった。玉珠が十六歳になった誕生日、不幸は、「玉珠、お前がこんなに大金になった！」と喜色満面で信じられない程の金を見せた。これまで見たこととも考えたこともない、彼女たちが一生働いても手に出来そうにない金額だった。押し寄せる災いを胸に感じながらまじまじとアボジの顔を凝視すると、「紹介所で借りてきた。あそこへ行けば、これぐらいの金をお前が稼げる仕事がたくさんある」と説明したのだった。

翌日、紹介所に顔を出して話しを聞いた。アボジが言ったように確かに高額をうたっている仕事は幾つかあったが、どれもが戦場に関連した仕事だった。危ない所での仕事なので給料もいゝと説明された。戦争に関連した仕事で大儲け出来るという話しはよく聞いていたが、このことだったのかと思った。どれか選ばざるを得なかったので玉珠が選んだのは『従軍慰問団』だった。野戦病院で洗濯や炊事、清掃等の仕事の他に負傷兵を世話したりする看護の仕事も加わるという内容だった。三年も働けばアボジの受け取った金は返せそうなのだった。借金を早く清算したいという思いが強く働いた。

手続きを済ませて家に帰り、この話しをすると二女が私も行きたいと言い出した。それを聞いたオモニが、一人でたくさん！　と怒り出して結局『慰問団』参加は最初の話し通り玉珠だけとなった。集合の通知が来て、釜山《プサン》行きの汽車に乗った。二女の提案で妹たちは日の丸の小旗を持って送ってくれた。オモニは「アイゴー、アイゴー」と大泣きしていた。アボジの姿は無かった。

釜山にある橋本の会社に集められた若い女は二十名ほどだった。チマ・チョゴリであったり洋服であったり、その品質も様々で、それぞれの境遇の違いを示しているようだった。しかしさすがにその表情には遠い戦地に行くという緊張感が一様に浮かび、その眼には暗い影が宿っていた。『従軍慰問団』という仕事から当然期待されてもいゝ、御国に対する使命感といった昂揚は全く感じられなかった。それを補うつもりもあったのか、釜山から下関行きの船に乗船した頃から橋本は戦地の兵隊たちの話しをよくするようになった。

「戦地ではお前たちの到着を兵隊たちは心待ちにしておる」「お前たちだけが兵隊の心を癒やせる」とかの言葉をよく吐いた。食事ににぎりめしを配りながら、「お前たちにはこうして米の飯を配ってやれるが、戦地の兵隊にとってこれがどれ程のご馳走なのか判るか」としみじみ述べたりもした。下関からは軍艦に乗り換えた。高速で航行する大型の駆逐艦、それに乗って太平洋を一路南下し続けた。敵の潜水艦や航空機の襲撃を怖れる兵隊たちの緊張は女たちにもぴりぴり伝わり、恐怖はより増幅されて彼女たちをおのゝかせた。死ぬほど脅えながら南洋の炎熱に蒸される船室に横たわり、早く陸地に辿り着かないかとそればかり願った。一ヶ月半のへとへとの航海の末にパラオに着いた。そこで仕事の内容がはっきりした。二畳程の小部屋が公衆便所のように並んだ藁葺《わらぶき》の細長い建物で兵隊たちに身を任す売春業だった。

話しが違うと拒絶する娘もいた。しかし生殺与奪のあらゆる権利を橋本たちが持っていることに気がつくのに時間はかゝらなかった。女たちが泣こうと怒ろうと、それは最早計算済みの行為なのだった。仕事をするか死ぬかの二者択一しかなかった。結果として、希《まれ》な例外者——生き続けなかった者以外は一日二十人以上もの兵隊を次々と相手にする慰安婦生活を余儀なくせざるを得なかった。一週間に一度、軍医が検診にやって来た。性病に罹っていると診断されゝば、六〇六号注射を打って一週間程の治療を受けた。その間だけ『休暇』の札を下げることが出来た。

「明日の命も知れない兵隊たちだ。出来るだけ言うことを聞いて、優しく接してやれ」と橋本に言われた。優しく接するも何も、逆に言うことを聞かなければ兵隊から酷い目に合わせられる可能性すらあった。次から次へと押し寄せてくる獣のような肉の塊には、たゞ黙って身体を開いているのが精一杯だった。殴られたり傷つけられたりされた男の顔は憎悪と共に覚えていたが、その他の顔は覚えていなかった。順番に自分の身体の上に乗っていった男という動物に過ぎなかった。

パラオからラバウルに移ってからも仕事の内容は全く同じだった。たゞ仕事場が昔ホテルだった場所だけに、設備も一通りそろっていて幾分人間的な生活に近づいた雰囲気はあった。しかしそれも敵の空襲によって粉々に爆砕されてしまった。それでも仕事は続いた。帰れない状態で、仕事が続く。いつまで続くのだろうか。きっと戦争が終わるまでだろう。でも本当にこの戦争は終わるのだろうか。日本人は戦争を死ぬまで止めないと言う。日本人が全員死ぬまで戦争は終わらないのだろうか。それまで自分は生きていられるだろうか。いやその前にとっくに死んでしまっているに違いない。そうだ、日本に勝って貰えばいゝのだ。それしかない。私はこの兵隊たちと一蓮托生なのだ。そう思うしかなかった。

日が落ちて闇に包まれたラバウル港で、二人の女は行李を乗せたリヤカーをのろのろとひいていく。行李の中には衣類と日用品、それに多額な軍票の束が入っていた。帝国陸海軍が存続する限り、それは有効であるだろう。それも彼女たちが健康であればこその話しだ。高玉珠は既に性病に冒されている。よれよれの浴衣姿の女たちは国民服の橋本の後を大儀そうに歩いて行く。南洋の暖かい空気の中で、彼らの前には駆逐艦『浦波』が黒々と横たわっている。

「行く先はアキャブだ。『インパール作戦』の軍事拠点となっている」と橋本が言った。インパール作戦って何だろう？　女たちには判らなかった。それについて何も知っていることはなかった。それで、

「又長く船に乗るの？」とだけ、汗を拭きながら聞いた。

第十二章

昭和十九年四月二十日　ラム河畔

トラック島に続いてパラオも大空襲を受け、帝国海軍が壊滅的打撃を受けたという情報が伝わってきていた。日本中が誇りにしていた無敵の機動部隊も今やその姿を無くしているらしい。しかし機動部隊と言えば、このニューギニアに派遣された第十八軍こそ、その名に相応しい、と石村三男は思いついた。何処の部隊も似たり寄ったりだったが、石村の所属する第五十一師団について言えば、最初の大機動は、ラエからキアリまでの人跡未踏のジャングルと四千メートル級のサラワケット山系を越えての撤退行だった。直線距離にすれば百キロ程の行程なのだが、出発した八千六百名の兵士がぼろぼろの六千四百名に減少する難行軍だった。師団の大部分がキアリに到着したのが十月下旬。そこで第二十師団のフィンシュハーヘンでの戦闘の後方支援等をしつゝ暫く健康回復に努めていた。すると今年の正月二日、キアリと第十八軍司令部のあるマダンの中間地点グンビ岬に米軍が上陸。急遽、マダンまでの転進が決定された。米軍の支配している海岸線を避けて、背骨のように聳《そび》えているフィニステール山脈を通って転進した。直線距離で二百キロ。以前と同様に山また山の上り下りを計算すれば距離は倍加する筈だ。一ヶ月以上を費やし、マダン周辺に到着したのは二月末だった。出発した時、第二十師団を含めて約一万三千名いた兵士は九千名に減っていた。消えた四千名は飢餓とそれに起因する病死による脱落だった。

そして今、四月初頭から三回目の大移動を行っている。目指すは六百キロ離れたウエワク。途中、ラム川とセピック川という二つの大河とそれが作り出した、日本人の想像を遥かに超える広大さを持つ湿地帯を越えていかなければならない。

この大移動の命令が下された背景には、軍組織が改編されたという事情がある。三月二十五日、第十八軍は第八方面軍から正式に第二方面軍の麾下に入ることが決定された。その結果、『絶対国防圏』の前進基地として第十八軍をウエワクとホーランジア間に展開する命令が下され、傘下師団は一斉に西へ向かって移動する作戦が開始されたのである。

石村が所属しているのは第五十一師団第六十六連隊であったが、その名の下にボブダビで戦っていた軍隊とは顔ぶれも何もすっかり変わっていた。この数ヶ月でこの部隊が損耗した兵隊数は八割を越え、新しい下士官の転入や何次にも及ぶ補充兵の加入で、マダンへ遅れて追及してきた石村には馴染みの無い顔ぶればかりが並んでいる結果となっていた。

ハンサを越えラム川に近づく頃までは主に海岸線に沿って行軍した。とは言っても、海岸沿いの施設は敵の戦爆協同の空襲によってことごとく破壊されており、日中、日本軍がそこに姿を現すなぞ出来ない行動だった。どこからともなく現れる双胴双発の戦闘機Ｐ38が嵐のように機銃掃射を浴びせかけ執拗に追いかけてくるのが落ちだった。だから行軍は決まって夜に、しかもできるだけ内陸に入った道を選んで進んだ。真っ暗なジャングルの行軍である。前に進む者の背中を見失わないように注意を払った。この時期、この地方では雨が多かった。降り始めると二、三日は止まない。全員ずぶ濡れで雨滴を垂らしながら歩き、そのまゝ休んだ。敵は日本軍の西進を捕捉しており、空襲や海からの攻撃が止むことはなかった。入り江に潜んで待ち伏せしていた魚雷艇から急襲されることもあった。大湿地帯に踏み込む頃には、マラリアや下痢、熱帯性潰瘍等、兵隊のほゞ全員が病人になっていた。脱落者や自殺者が頻出し始めた。この頃になると、これまでやっていた傷病兵の担送を、共倒れ防止のため止め、今後自力で動けなくなった者は自分で始末せよという命令が出された。敵は魔境に踏み込んだ日本軍を自然の魔手に委ねてしまおうと判断したのか、湿地帯ではめっきり空襲が減った。足を踏みしめる道は、地面ではなく枯木や椰子の葉等が積み重なって出来た桟道のような状態だった。サゴ椰子や榕樹、タコの木等の林もあったがトゲが出ていることや余りに密生していることから踏み込む余地は無かった。雨が続くと、それらは島となり、湿地帯は一面の湖沼となった。泥湿地に浸かっているワニをうっかり踏みつける時もあり、そんな場合はほゞ例外なく命をなくした。

こんなとんでもない自然を相手にする行軍では、現住民の協力が得られるかどうかは重要な課題だった。敗色の濃いこのような戦況では、協力どころか敵に廻られる可能性も強い。現住民宣《せん》撫《ぶ》には気を遣うよう上からは何度も達しが繰り返されていた。実際、徒歩では渡れない水面《みなも》を前にして現住民の操るカヌーの大量調達は、どうしても必要なことではあった。一本の木を切り抜いて出来た丸木舟には七、八人が乗りこめる。今や兵員の少なくなった中隊では十艘もあれば用が足りる。ちりちりの毛髪に腰巻き一つの裸体の現地人たちは、日本人と同じかそれ以上に小柄な体格だったが、その身体は筋肉が隆々として黒光りしていた。幸い、湿地帯を含む内陸部には未だ敵の侵入が及んでおらず、日本軍に対する彼らの反応は悪くはなかった。脅されているせいでもなく、買収されているためでもなく、見知らぬ人への親切で舟を出すという雰囲気があった。

　乗船の準備をしている日本兵を眺めながら、彼らは小さな木の実をかじっていた。歯が真っ赤に染まってくると、嚙み締めた実のカスを唾と一緒にぺっと吐き出した。

「ワネム?」と石村はその実を指さして聞いた。英語のホワットに当たる単語がワネムだった。

「ブアイ。オルセム　ウィスキー」と聞かれた男は答えた。ウィスキーのようなブアイというものだという意味だろう。更に、「ユー　ライク　ブアイ?」と聞いてきた。ブアイをやりたいか、と言っているのだろう。ウィスキーのようなものという説明が強烈に興味をそゝり、彼らがそろってやっているという安心感もあり、

「イエス」と石村は手を差し出した。その反応に現地人たちも喜び、笑顔になってブアイと呼ばれる木の実を渡し、「ダカ」と言いながら小枝に石灰をまぶしたものも一緒に渡した。さっきは気がつかなかったけれど、これをブアイと一緒に嚙み、カスを吐き出すのだとやって見せてくれた。言われた通りにやっていると、

「口が真っ赤になってきたぞ。どんな気持ちだ?」と回りを囲んだ日本兵が興味津々で聞いてきた。

「う〜ん」と考えこんでいる石村にクラッと酩酊《めいてい》感が襲った。「おう、成る程。これがウィスキーか！」と石村は声を上げ、酔っ払ったように頭を振った。それを合図にして、「もう一つどうだ？」「俺もやりたい」「たゞで貰えるのか？」等の交流が始まり、裸の現住民と汚れた軍服をまとった日本兵が口を真っ赤にさせながら唾を吐き出す儀式のような騒ぎとあいなった。

石村はこっちへ来てから現住民、特に若者のかなりの人数が英語らしきものを使えることに気がついていた。物識《し》りに聞くと、それはピジン英語と言われるもので、部族の違いによって数百とある部族語の間を取り持つ公用語として使われているのだとのこと。それで機会がある度に彼はそれを頼りに話しかけようとしていたのだった。

小学校卒の石村三男が英語を学んだのは学校を出てからだった。卒業後、仕事を求めて上京、巡り巡って神奈川県の横浜ドックに勤めることになった。人の言う『カンカン虫』の職工生活である。寝泊まりの場を野毛に確保し、昼はドックに入った軍艦や大型船舶に取り付いてサビ落としや塗装の仕事をし、夜は飲んだり遊んだり、独り身の生活を楽しんでいた。横浜ドックでは以前から労働組合が定着しており、石村がそこで働き出したのは共産党大検挙が開始された年だったが、その頃でも労働争議が繰り返されていた。彼は組合本部にもよく顔を出し、デモの時には組合旗を持ったりもしていた。そこで知り合った者から学習会に誘われ、その学習会の講師をしていた帝大生に頼み込んで石村は英語を勉強し始めたのだった。

間宮俊平という名のその学生は、学生服ではなく職工と同じようなカンカン帽に菜っ葉服という服装をしていた。週一回の社会問題学習会が始まる前の時間、二人はドックから線路を挟んだ向かい側にある掃部《かもん》山公園に登って英会話の練習をした。横浜ドックの全容が見渡せる小高い丘にあるその公園は、見事な花景色を呈する桜の季節以外は人影も少なく、変わったことをやっても人に見咎められる可能性は小さかった。

「こういう見晴らしの良い所は、警戒し易くて良い」と間宮俊平は言った。英語の勉強でも社会問題の学習会の時でも彼は資料を持ってこなかった。全部自分の頭の中から知識を紡ぎ出してきた。それが一番安全だという理由からだった。掃部山公園の井伊直弼の銅像に見下ろされながら会話する彼らの姿は、職工たちが暇をつぶしているとしか見えなかっただろう。記憶に頼る知識であっても間宮のそれは決して半端《はんぱ》ではなかった。学習会では黒板を使って、まるで書物を読んでいるように正確な言葉をスラスラと書き連ねた。英会話も本当に簡単なものだけをやってくれていたらしかったが、丁寧な教え方だった。

「君が外国語を勉強したいと思ったのは貴重だ」と間宮は石村を誉めた。

「だって中学や高校では誰でも外国語をやっているし、それはそれが必要だと考えられているからなんだろう。俺も都会へ出て、色々なものを見ているうちに外国についてもっと知りたくなったんだ」と石村は言った。

「そうだな。明治維新の文明開化以来、日本はそういう道を進んできた筈だった。しかし最近は国粋的傾向がやたらと強まってきているから剣呑《けんのん》だ」

「まあ、誰もが外国語を使うわけじゃないけどね」と石村がやゝ自嘲的な笑いを浮かべると、

「いや、外国の言葉を使って話そうとする気持ちが大切なんだ。それに、外国語を勉強すると日

本語に対しても意識的になりそれだけ相対化することができる」と間宮は哲学的な言葉を吐いた。一体、間宮は哲学的言辞が好きだった。「自由とは必然性の洞察である」と間宮は言う。石村の習い覚えた自由の概念と随分異なるので、

「自由とは何らかの束縛からの解放を意味するのではないのか?」と聞き直すと、

「その束縛がどういう仕組みで成り立っていて、それをどうすれば解放されるのかゞ判って初めて自由は得られる。それが必然性の洞察だ」と間宮は眼鏡を光らせながら言った。

間宮俊平の講義に拠ると、大日本帝国が戦争に向かって突進し続けているのは帝国主義列強間の競争に因るものであるが、その発動源は高度に蓄積された資本の欲求である。資本の増殖は、労働者階級からの搾取と植民地からの収奪を求め続ける。その最終的表現が戦争である。戦争に駆り出される労働者は労働力ばかりでなく生命さえも奪われる。世界中の労働者同士が殺し殺され、得るものは何も無い。だから労働者はなべて戦争に反対する必要がある。労働組合も戦争反対をスローガンに掲げなければならない。そういう主張を繰り返していた。

船舶建造の動向で景気の変動や軍事力増強の傾向を肌で感じられ、その一方で一向に良くならない働く者たちの生活という状況の中で、労働者にはそういう主張は理解し易かった。戦争反対は組合のスローガンにも掲げられていた。しかしそれが消え、日本中が戦争一色になったのは何時の頃からだったろう、と石村三男は思ったことがある。

学習会を続けているうちに間宮俊平の姿が見えなくなった。ひょっとしてそれが始まりだったのかもしれない。講師は他にもいて、テーマもその都度変わっていたので不自然さはそれ程感じ

なかったが、何の予告も無くある時から忽然といなくなってしまった。アカだったので警察に摑まったのだとか、死んでしまったのだろうとか、悪い噂は色々あった。確かに間宮には常に何かを警戒し回りを鋭く窺うようなところがあった。自分の住所や出自等を一切明らかにしなかった。治安維持法の最高刑が死刑に拡大され、特高警察が眼の色変えて共産党員を追い回している状況もあった。それが間宮の運命に関係していることは充分想像がついた。しかし石村には確かなことは判らなかった。アカと言う話しで石村に一番思い当たるのは、度々繰り返された労働組合の分裂騒ぎである。分裂劇の度にアカの存在が大きく取り沙汰された。石村のような普通の労働者にとっては、アカとは自分の主義主張を貫くためには組合や仲間から平気で乖離《かいり》する集団だった。それはそれで潔さを感じないわけではなかったが、石村にはそんな真似は出来なかった。そのうちに共産党幹部の転向声明と大量の共産党員の転向があり、挙げ句に労働組合も日中戦争を聖戦としてその協力をうたうようになった。彼が徴兵された昭和十五年にはすっかり戦争一色の日本となっており、戦争に反対する者なぞ彼の回りには全くと言ってい丶程にいなかった。軍隊に入ってからは、もう敵か味方の関係しか無かった。日本人であること、日本のためになること、忠良な兵隊でいること、これが何よりも重要事だった。人海戦術をとる八路軍に対抗して通常に暮らしている村落を躊躇なく襲撃した。戦地が大きく広がったために兵站が続かず、現地調達と称して何の罪も無い貧しい農家から徴発を繰り返した。ニューギニアでも変わらない日本軍のやり方だ、と石村は苦々しい思いを噛み殺す。中国大陸では英語を使う機会なぞ皆無だった。

宇都宮の第五十一師団に入営してから既に四年が経過し、この間ずっと戦争をしている。満州から華南へ進出し、香港、広東に進駐した。その後ラバウルへ移動しニューギニアに進出し、今は大河の泥濘《でいねい》に埋まっている。

闇夜に輝く月だけを頼りに、その光を照り返す水面に腰まで浸かって前へ前へと進む。のっぺり何処までも続く沼地を無数の兵士の影がのろのろ動く。墨絵のように無彩色な空間に必死にもがきながら蠢《うごめ》く兵士の群れ。泥濘に足を取られて動けなくなる者も続出している。破れた軍靴なぞ、もうとうに沼の中に放擲《ほうてき》されている。歩兵銃は杖の代わりだ。助けてくれ、足が抜けなくなった、と最初は助けを呼ぶ声が起こっていた。それが、うおーとか、あーとかの悲鳴だけ発するようになり、そのうち何も声を上げず、泥に埋まってもがいているだけの人間を見るようになった。通り過ぎてゆく仲間たちの横で絶望的に続けられる孤独な戦い。誰も人のことまで面倒をみる余力はない。自分で抜け出るしかない。沼に嵌《は》まって立往生したまゝの姿勢で眠っている者もいる。眠っていると思いきや、既に死んでしまっている者もいる。泥濘の中でひどい腐臭を発している。生きている者も死臭をまとっている。自分が生きているのか死んでしまったのか、それさえ不確かになる。点々と脱落者を沼に残しながら兵士の影は進む。残されて死んでしまった兵士の魂が乗り移ったように小さな蛍が後を追って飛ぶ。儚《はかな》い幻のような光がゆっくりと兵士たちの後を追う。先へ進むにつれ、その光の数は増してきて、旋回しながら兵士たちの頭上を群れを成して回る。疲れ切った兵士たちでもさすがに、飛び回る蛍の光に気が付く。この涼しげな光は敵ではない。死んだ味方兵士の魂なのか。そんなことはあるまい。しかしその光に先導されるまゝに進んでいる自分たちがいた。やがて眼前に、まるでクリスマスツリーのように輝く蛍の木が現れたではないか。無数の蛍がその木に止まって光を放っている。暗闇に慣れた兵士たちの眼には眩《まぶ》しさを感じる程だった。天国の入口に立てられた光の門柱のようだ。実際、その木のある所が沼の終わりだった。木の根近くを流れるせゝらぎが優しい音を立てゝ沼に水を注いでいた。やっと固い地面に辿り着いた兵士たちは、そこへばたばたと倒れこみ、泥だらけの身体を横たえるのだった。

翌朝、石村が眼を覚ました時、陽は既に空に上っていた。明るい陽の光の中でなんだか朝餉《あさげ》の良い匂いがしているような気がした。そればかりかナツの身体から発するような女の匂いがしている気がした。それは夢心地に誘う心地良い感覚だったが、その全てが夢うつゝの幻覚だった。実際には、寝ている石村の顔を覆うようにむくつけき髭面の顔が空の光を遮った。そして「こいつ、生きていたな」と臭い息を吐きかけて石村の頬を撫でた。その手を払っているうちに意識が戻ってきた石村は、

「こゝは娑婆《しゃば》か？　俺は本当に生きているんだろうな」と念のために聞いてみたのだった。

「見てみろ、こゝを。死人の溜まり場だ」とその兵士は石村に注意を回りに向けさせた。昨夜、倒れ込んだ時には判らなかったが、辺りにはたくさんの死体が放置されていた。末期の水をそこで飲んだかもしれない兵士が小川に顔を突っ込んだまゝ死んでいた。その隣りであたかも未だ水を飲んでいるような恰好をしている者も死体だった。昨夜、蛍でいっぱいだった木の下にも腐った死体が転がっていた。蝿がたかり、黒い毛虫がたくさん蠢いていた。捨てられた泥人形のように無造作に転がっている死体たち。まるで死体置き場のようだった。石村の肺臓に死体の臭いが

洪水のように押し寄せてきた。そうだ、これがニューギニアの臭いだ。石村の行く所、どこでもこの臭いでむせ返るようだった。全島が死臭で覆われているとさえ思われるのだった。転がっているものゝ中には、彼自身のように生きているものもあったかもしれないが、いちいち確認する気にはなれなかった。自分で起き上がって、再び歩き始めるかどうかするだろう。もう部隊も何も無い。たゞ生き残っている人間の群れがいるだけだ。石村は黙って歩き始めた。前に通った者たちの足跡で道は直ぐに判る。一人でとぼとぼと歩き始めた。サラワケット山系を彷徨した時と同じ状態に戻っていた。

前方から二人の現住民に荷物を運ばせた憲兵が急ぎ足で近づいてきた。憲兵と判ったのは、白地に赤で憲兵と大書きした腕章を付けていたからだ。服装も整っている。襟章から彼も下士官であることが判った。石村が会釈すると、憲兵はいきなり拳銃を抜いて、

「きさまあ！」と怒鳴った。「なんで敬礼しないのか！」

「いや、失礼。同じ下士官だと思ったので、失礼した」と石村は敬礼しながら言った。こんな状態で敬礼か、呑気なものだと呆れながら。

「名前と所属を述べろ」と憲兵は拳銃を向けたまゝ聞いた。

「第六十六連隊第四大隊第三中隊の石村伍長」と答えると、

「下士官同士でも憲兵には必ず敬礼するものだ！」と大きな声で言った。そして更に拳銃の先を振りながら、

「持ち物を見せろ」と指示した。ぶら下げていたカラ同然の雑嚢を渡すと、憲兵は中を確認し、

つまらなそうな仏頂面で、

「盗んだものは無いな。近頃、仲間を襲って物を盗み、人肉を喰らう者たちが出没している。同じ日本兵といえども気を許さないように。第四大隊はこの少し先にいるから、石村伍長は追及を急ぐように。以上、復唱しろ」と言った。

　復唱しながら石村は、こいつはニューギニアに来たばかりなのだろうと思った。お馴染みの軍隊感覚はこの土地では通用しない。鈍感なこいつでも直ぐにそれを理解することになるだろうさ。出会う前と同じ急ぎ足で通り過ぎていく憲兵の後ろ姿を見送ってから、石村はぺっと唾を吐いた。

第十三章

四月三十日　ウエワク

後方に広がる山岳地帯にかけて幾層もの複郭《ふくかく》陣地を配備した要塞の中で、最も見晴らしの良い地点に位置しているのが洋展台で、そこに安達のいる第十八軍司令部があった。高台の直ぐ下には、今や敵の空爆にあって無残に破壊されてはいるが、元々は日本の航空隊が使用していた中飛行場の穴だらけの滑走路が延びている。その左西方に広がっている濃緑の椰子林は佐久良森と呼ばれ兵站病院がある。同じような森を点々と抱えた平野の先端には主に海軍基地として使われているウエワク半島が洋上に突き出ている。水平線まで見渡せる青い海は太平洋で、赤道を越えて更にその先遙か遠くには祖国日本があるわけだ。半島の向こう側に、平べったく広がったムシュ島、その後ろに山岳を聳え立たせたカイルリ島が浮かんでいて、それらも日本軍の基地になっている。

最前線と共にありたいと願う司令官安達二十三は、フィンシュハーヘンでの会戦の後、第十八軍主力と共にキアリ、マダン、ウエワクと移動してきた。多くの兵士たちがジャングルや高山、大湿地等を踏破せざるを得なかったのに比べ、安達は潜水艦や大発等が使えたので、短時間に比較的苦労少なく移動できた。しかし、転進を終えた各部隊がおしなべて病人だらけの乞食集団となってよろよろと戻って来る姿を見るにつけ、その惨状を認識してはいたものゝ、兵士たちの限度を超えた苦難をあらためて確認せざるを得なかった。どれだけ大量の兵力を飢えや病気、自然の障壁によって失わねばならないのか。それも制空権・制海権を失った軍の力量不足に因るところが大きいわけではあったが、安達はこのニューギニアでの戦争のおぞましさに愕然とする思いだった。誰も知らない未開地で行き倒れ、草生《む》して朽ちてゆく。異境の地に兵士たちはたゞそんな死に様をさらすために来ているのではない。飢え、病気、自然、これらと戦うためにいるのではない。しかし実際はそれらを相手にする苦闘の連続だった。暗澹たる思いが安達の胸に渦巻いていた。

洋展台には桃色の花がたくさんつくブーゲンビリアや赤い舌のような花のアヘリポリア、変わった形の黄色や赤の花を持つストレチアという花が咲いている。誰が植えたのでもなくどれも自生している花だったが、そこだけ花園のように綺麗だった。ストレチアには『極楽鳥』という意味があるようで、その細長く尖った形や色が、この島を代表するその鳥に似ているのだった。青く輝く大洋を背景に原色をちりばめたようなそれらの花を空ろな気分で安達が眺めていると、突然、

「じっとしていてください」と呟きながら当番兵の軍曹が銃を構えて近寄ってきた。狙いの先は

ストレチア。頭がおかしくなったのかと訝《いぶか》って、

「どうした？」と安達が聞くと、

「静かに！　極楽鳥です！」と軍曹は押し殺した声で答える。矢張り頭が狂っているのか。そんな安達の懸念を他所に軍曹は引き金を引く。ズドン！　という大きな音と共に何かゞ吹き飛んだ。

「やった！」と軍曹は歓声を上げ、赤い花園に向かって真っ直ぐ躊躇無く突進していった。草むらを掻き分けて入り、中でごそごそ何やらやった後に、

「閣下！　極楽鳥です！」と鳥を掲げて戻ってきた。黄色い頭に黒い顔、赤い羽根を持つ茶色の身体の鳥で、確かにストレチアの花と印象に共通点がある。極楽鳥と呼ばれるだけあって、観賞用にもなる鳥だが、軍曹が満面の笑みでいるのは、勿論、良い食料を捕獲したせいだ。

「閣下！　今日は焼き鳥です！」と鼻歌でも歌い出しそうな喜びを身体中に浮かべて早速その美しい羽根をむしりだした。

安達がいなければ生のまゝでその鳥にかぶりついたことだろう。動物性蛋白質が決定的に欠如している兵士たちは、蛇、トカゲ、蟻、蜘蛛に至るまで見つけると直ぐに生で口に入れた。鳥や野ネズミの類いはご馳走に属する。見るものが皆食料に見える。そのくらい飢餓が常態化しているのを、司令官として特別待遇を受けている安達にしてもよく認識していた。

兵站線が完全に杜絶した状態に置かれたニューギニアでは、食料自給は自明の必要条件だった。しかしながら自生する植物は食用になるものが極端に少なく、動物もワニを別にすれば限られた小動物しか生息せず、魚の捕獲が期待される海岸には敵の眼が光っていて近づけない。しかも転

進に次ぐ転進の連続でじっくり畑を作ることも出来ない日本軍である。飢餓は必然だった。これが実は一番深刻な問題であると安達は感じていた。

現在、彼の指揮下の第十八軍には、第四航空軍所属の地上勤務部隊と海軍第二十七特別根拠地部隊を含めて、約五万五千名の総兵力があった。東部ニューギニアに上陸した総兵力約十四万の四割弱である。六割以上の兵力がこの屍境に埋もれた。東には未だラム、セピックの湿地帯を西進している部隊もかなりあった。しかしこれまで各師団が何百キロも遠く離れて散らばっていたのに比べて、安達にしては初めて全軍を動員して作戦を立てられる状況にはなっていた。その半数は病気等による損耗で、戦闘の役には立たないと考えられた。それにしても二個師団に近い戦力を保持している筈なのだった。補給基地だったウエワクに備蓄されている食料は約四ヶ月分、推定される現地調達はそれに二ヶ月分を増加させられよう。それだけの食料と戦力で何ができるか。それが安達につきつけられている課題だった。

第十八軍が第二方面軍に組み込まれた三月二十五日以来、安達は方面軍司令官の阿南大将と度々電信を通じて連絡を取ってきた。

「第十八軍は司令部と共に全軍移動し、アイタペ、ホーランジア間に展開し、その防衛体制を築け」というのが最初の指令だった。ラバウルを中心とするソロモン海域周辺の作戦を諦《あきら》め、絶対国防圏を縮小する戦略変更に基づいていた。指令に従って第十八軍が西へ移動している時、「敵軍、アイタペに上陸」という知らせが入り、それを追うように「敵軍、ホーランジアに上陸、防衛部隊が交戦中」という知らせが続いた。四月二十二日のことである。第十八軍の作戦区域に指定された地域に敵軍が上陸してしまったのだ。アント岬、グンビ岬に続いてまたしても頭越しに敵軍に先を越されてしまったわけである。二十五日には「ホーランジア防衛に当たっていた陸海軍は西方へ転進した、今後、本防御要線はサルミ以西地区とする」という連絡が入って来た。早急過ぎる程の素早い措置だった。米軍の次なる進撃は直ぐに開始されるだろう。それは確実に第二方面軍の懐に飛びこんでくる。阿南大将をはじめとする司令部がその防備に向けて躍起になっているのは自ずと知れた。それにより前線は更に後方に退き、安達の軍はその外に取り残されてしまう。その第十八軍に対して特に命令は無かった。五万五千の兵力を前線復帰させるべく海上輸送させるなぞ儚い夢に似た絵空事だった。持久戦をするには兵力が多く残り過ぎていた。どうするのか、判断は安達に任された恰好となった。

安達の選んだ方針は明確だった。「全軍を率いてのアイタペ奪回。これをもって皇軍の本領を発揮し、国史の光栄に副《そ》わんことを期すべし」というものだった。猛軍（第十八軍）の猛を取ってこれを『猛号作戦』と名づけた。「持久のごときは猛号作戦の余勢をもって実施して足らんのみ。急迫せる西部ニューギニアでの決戦に策応し、敵戦力の撃滅を期す」と阿南に伝えた。電信を受けた阿南は安達の作戦を快諾した。かくて『猛号作戦』は成立し、昨二十九日、安達の部下各部隊に命令下達されたのだった。それ故、今日この時全軍の兵士には自分たちの任務が徹底されている筈だった。

当番兵の軍曹は、極楽鳥の羽根をすっかりむしり取ってしまうと、直ぐにその解体に向かった。短剣でそぎ落とした肉片を皿に並べて、

「閣下、鳥刺しです」と差し出してきた。つまんで一つ食べると、とろけそうに旨かった。眼をつぶってゆっくり味わい、

「旨いな。マグロのようだ」と言うと、軍曹は司令官の口元を吸いつけられるように見つめながら、ゴクッと唾を呑みこんだ。それを見た安達は、もう一片つまんでから、

「残りはお前が食べろ」と言った。

「いえ、自分は後で棄てる部分をいたゞきたくありますから、刺し身は閣下が召し上がってください」と軍曹が辞退するので、

「そう無理をしないで喰え。お前が獲った鳥だ」と皿を返した。

「そうでありますか！」と顔を輝かせた軍曹に、

「ゆっくり、できるだけ多くの回数咀嚼《そしやく》するんだぞ。同じ量でもその方が何倍も身体に良い」と助言した。

「はい、ありがとうございます。早速そうさせていたゞきます」と皿を頭の上に頂いてから、ゆっくり食べ始めた。その様子を見ている安達と眼が合うと、恥ずかしそうに眼を瞬かせ、少し咳き込んだ。そうやって刺し身を食べてしまうと、

「おいしく頂戴いたしました。早速、焼き鳥を作ります」と言って小さく火を熾す作業に入った。

連日、空襲を受けているウエワクだったが、そのくらいの火では影響は無い。そもそも洋展台周辺に日本軍陣地があることなぞ、とっくに敵に知られていた。何本かの高射砲が辛うじてこの基地の壊滅を防いでいるのだった。

火の上に置かれた網に鳥の頭から足の先まで解体された部位を何一つ残すこと無く軍曹は並べた。網は様々な形の鳥の断片でいっぱいになった。軍曹が箸で転がしながら焼くと肉はじゅうじゅう音を立てゝ旨そうな香りを漂わせ始めた。たゞでさえ飢えている日本兵には頭を狂わせかねない程の食欲をそゝる香りである。辺りに拡散しないうちに食べてしまわなければならない。軍曹は焼き上がった鳥を一つ一つ手早く皿に取り出した。そして、

「できました。お好きなものからお取りください」と箸を安達に差し出した。

「おう、旨そうだな。おらは指で摘まむから、箸はお前が使え」と安達は手で箸の移動を制した。

「いえ、閣下。どうぞお好きなだけ召し上がってください。自分はけっこうですから」と軍曹が遠慮すると、

「まあ、そう言わずに一緒に食べよう。熱いうちが旨いぞ」と笑った。

「閣下には、いつもいつも良い思いをさせていたゞいております」と軍曹は手を合わせた。

「それはお互い様だ」と安達も神妙な声で言ってから、できた焼き鳥を一つ摘まんだ。

安達の身の回りの世話をする当番兵は、どの兵隊も私情を棄てゝ尽くしてくれる。ありがたいことだった。当番兵たちには妻以上に面倒をみて貰っている。尤も、単身赴任の連続だった安達は子どもを産ますだけで家には滅多にいなかったのだから、妻が彼の面倒をみようがない。四人の子どもの養育を全て任せ、しかも長女の洋子は病弱でその介護も任せ、その疲れもあって、安達の南方出征が決まった時に妻は死んでしまった。当番兵と比べようもない。自分が夫として父としてどれだけのものであったのかだけが残る。しかし軍人を仕事にしている者には、そんな思

いは断ち切らねばならないのだろう。銃後を顧みることなく仕事に専念させてくれたことだけでも妻に感謝すべきなのだ。全ては御国のため、天皇陛下のためにあるのだから。当番兵たちだって同じことだ。何も安達が好きで面倒をみてくれているのではない。皇軍軍紀として至誠を尽くしているに過ぎない。全ては皇国の隆昌のため。大日本帝国の聖戦勝利のためなのだ。将軍職にある安達はその将軍職を完遂しなければならない。当たり前のことだ。しかし皇軍がこのような否定的状況に置かれている時、将軍として何をなすべきか、それが考えどころだった。アイタペ奪回の猛号作戦、安達の出した方針はどうだったのだろうか。

「各部隊から次の作戦が命令された筈だが、お前のところではあったか？」と安達は軍曹に聞いた。

「はい、ありました」

「どういう作戦だ」

「全軍でアイタペ奪回であります」

「どう思う？」と言った後、安達は自分の不用意な質問に驚いた。命令の感想を求めている。あり得ない問いかけだ。自分の命令に自信があって、きっと兵士たちは戦争の目的を得、喜んでいると確信していたから出た質問だったかもしれない。生き残ることを目的に持久戦を続けろなぞという命令をこんな異境の地で発したら、それこそ軍はへなへなと解体していくだろう。大日本帝国の皇軍は、勝たずば断じて已むべからずの牢固不抜の信念を堅持するところにその神髄がある。アイタペ奪回は余りにも当然の作戦ではあった。戦う目的を得た兵士たちはこの作戦を歓迎して迎えているに違いない。そう確信していたのだった。しかし軍曹は、「アイタペ、ホーランジアが敵の手に落ちたのは衝撃でありました」とだけ答えて口を噤んでしまった。そうか、そういう答えもあったな、と安達は気がついた。思えば安達が赴任して以来、ことごとく安達の軍の向かう先に敵軍は先回りをしてきた。その結果、第十八軍はいつ終わるとも知れない長距離の行軍を強いられた。人跡未踏の屍境の地を歩いてきた。それが続いている。そう思うのは当然だった。

「今度は第十八軍の全師団が作戦に参加するからな。最後の決戦になるかもしれない」と安達は自分を慰めるように言った。

第十四章

八月一日　アイタペ近郊

アイタペ東方約二十キロの坂東川（ドリニュモール川）が決戦の舞台となった。戸部矩中尉はその中流のアファ高地にある師団司令部にいた。司令部と言っても擬装を施した天幕を張ったゞけの陣地で、ウエワクからの行程中常にそうであったように、いつ敵航空機からの攻撃を受けるか判らない一時の隠れ家のような場所だった。その一角に携帯天幕を直に地面に敷いて戸部は身を横たえていた。高熱と下痢が続き、こうしているより他に仕方がなかったのである。悪寒で全身が震える高熱は数日下がらず、僅かな食べものでさえ身体が受け付けない。意識は朦朧としているもの〻睡眠できない不眠状態が続いていた。便意は頻繁におき、近くの密林にしゃがみこむが、出るのは僅かな液体ばかりで血さえ混じっている。熱帯性潰瘍とタムシは下肢から腹部、背中にまで広がっていて手のつけようも無いほどに痛みと痒みが継続している。潰瘍であいた穴には蛆がわいて身体からぼろぼろとこぼれた。二重苦、三重苦で身悶えしながら、しかし言葉を発することもなく、様々な妄想や思念を頭に巡らせ、疲弊しきって横たわっているのだった。中尉の無残な姿に、世話をしている上等兵も手の施しようが無く、畢竟《ひっきょう》、そうやって地面に寝かしたまゝ見ている他なかった。

なんとも情けないことではあった。戸部は早く死んでしまいたいと繰り返し思った。砲弾が時々司令部にも飛んできた。それに当たって粉々にこの身を粉砕してしまいたかった。夢うつゝのうちに、何も無い漆黒の道を白装束で卒塔婆を抱えとぼとぼ歩く光景を繰り返し見ていた。

こんな状態でいるうちに周囲で戦争は大車輪で展開している。さながら轟音を立てゝ狂騒する地獄の祭りのようだ。そう、半月前の七月十日、猛号作戦の戦闘が開始された。坂東川の河口近くに第四十一師団の第二百三十七連隊、中央に第二十師団の第八十連隊、山側に第七十八連隊が配置され、夜十時半をもって各部隊が一斉に渡河を開始したのだった。川幅約百メートル、水深は八十センチ、流速は三〜五メートルの激流だ。対岸の敵陣地からの砲撃銃撃、戦車や魚雷艇からの攻撃、海上にいる艦隊からの砲撃、アイタペ飛行場から飛来する航空機による空爆等、想定されていたとはいえ敵の反撃は猛烈だった。容赦なく鉄のスコールが降り注いできた。川の中を進むうちに既に幾つかの中隊が全滅したという報告が司令部に上がってきた。川には無数の日本兵の死体が浮かび、その死体を盾にして後続の兵士が進んでいるとのこと。殺《や》られても殺られても、屍を乗り越えて進撃する。日露戦争の高地攻略戦以来、帝国陸軍の誇る伝統的戦闘方法だ。

「渡河に成功したようです！」と師団司令部に歓喜の声がわいたのが午前一時半。しかしその喜びも束の間、敵は敗走の軍ではあり得ず、最初からそれが作戦であったかの如く、以前にも増した火力戦闘力で反撃を加えてきた。戦場が坂東川の西岸に少し移動しただけのことだった。そこで日本軍を殲滅しようというつもりらしい。戦車を加えた敵の反撃と我が方の白兵戦とが交錯し、前線なぞ不明の肉薄戦が何日も続いた。第二十師団の司令部付きとなっていた戸部は、よろよろする身体を持て余しながら、辛うじて情報収集の仕事をしている恰好をとっていた。その司令部にも砲弾が撃ちこまれることがあり、近くで待機していた部隊からも死傷者が出た。七月十六日、待機していたその第七十九連隊を引き連れて第二十師団司令部は、日本側から見て前線の最左翼に当たるアファ高地にまで前進した。作戦の総指揮をとっていた安達軍司令官は、遂にアイタペ攻略の目標を放棄し、この地を決戦の場所と決めたのだった。高地から海岸線に向かって全軍で総攻撃する。待機中の第五十一師団第六十六連隊の参戦を指示し、司令官自らもこのアファ高地に移動してきた。

安達中将の姿を見た時、戸部の瞳は懐かしさで潤んだ。兵士と変わらぬ脚絆を巻き、湿った土地でも座れるように尻当てをぶら下げ、杖をつきながら歩いてこゝまでやって来た。その茫洋とした表情は以前と変わらぬ慈愛を含んだ顔のまゝだった。戸部が体調を崩したのを知って、師団司令部付きに回してくれたのも彼だった。しかしこの決戦の時、何も出来ずに寝転がっているなんて、一体どの面下げて報告できよう。戸部は安達に見つからぬよう、自分の顔をそっと隠した。幸い安達も彼の存在に気がつかないようだった。或いは認識していても気がつかない振りをしているのかもしれなかった。それならそれで良かった。

「気力に缺《か》くる勿《な》かりしか」「努力に憾《うら》み勿かりしか」「不精に亘《わた》る勿かりしか」……数々の訓戒が

頭に浮かぶ。幼年学校の同期生と共に出せるだけの大声を出して唱和し、立派な皇軍兵士になろうと心の底から誓った。それらが浮かんでは消え、消えては浮かぶ。自分はこの時のために全ての時間をかけてきたのではなかったか。自分の全人生はこの一戦のために存在していたのではなかったか。しかし輝かしい思い出の数々が光を失い、寧ろ苛立たしいものに変わっていた。陸軍幼年学校や士官学校に入校した時の感激、初めて中隊の指揮を任され、大隊一の隊にすべく訓練を開始した時の熱情。それらが風に飛ばされる灰燼のように粉々になって吹き飛んでしまった。あれ程美しく精密な隊列行進、必勝の気魄を持った銃剣突撃……、それらが何の役に立ったのか？　隊列を保ち、銃剣ふりかざして突撃しても、敵が注ぐスコールのような銃弾にあって、雪崩《なだれ》をうって崩壊してしまう。その瞬間を何度も際限なく繰り返しているだけではないのか。思考を停止したその驚くべき消耗戦。物心ついてからずっと、顔を輝かせて語ってきた言葉、抱いてきた熱情、それらの全てが色褪せくすみ、急速に意味を失っていく。ニューギニアに来てからの自分たちの惨憺たる戦争は肯定すべき何ものも持たない。必勝不敗の皇軍なぞ存在しなかった。たゞ自分たちの頭の中にだけ存在しているに過ぎなかった。勝手にあるべき姿を描き上げ、それを信じることによって恰もそれが本当に存在しているかの如く思いこんでいた。何百何千倍もの火力の違いの中で、空から海から狙われ、こちらは戦う弾薬も僅かで、食べるものも無い。傷病兵の手当なぞ不可能で、たゞ放擲されるだけだ。泥道を担送する汗みどろの兵站線は、疲労死餓死する者が続出し、ずたずたになっている。敵軍との違いは瞭然ではないか。白人の大国と戦っているという気概だけで戦争ができる筈がない。……そんなことを考えること自体もう非国民同然なのかもしれない。しかし幾らあるべき姿を頭に描いたところで、この現実は変わりはしない。幾ら言葉で塗りつぶしても、この悲惨さは極まりない。

日本軍の部隊は次々に海の方向に向かって突撃を開始していった。小銃弾は一丁につき五十発、手榴弾は一人につき一発。着剣した剣先を光らせて敵の砲火が待つジャングルに向かって敢然として進撃を始めた。

師団と連隊とは電話でつながっている。行動は主に大隊ごとに行ったが、その大隊は既定の中隊規模となってしまっている。

師団司令部近くをよろよろ歩いている着剣の兵士たち八名が見つかった。泥にまみれた顔に獣のように眼を光らせている。

「お前ら何してる？」師団付きの参謀が相手をした。

「大隊が全滅しました！」と一人が答えた。

「全滅？　お前らは生きとるじゃないか！」

「はい」

「経過を説明しろ」

「命令により我が大隊は敵陣地を攻撃すべく昨夜出発いたしました。未明に米軍陣地前に辿り着きましたが、敵の迫撃砲、重機、軽機、擲弾筒、自動小銃等の猛攻撃を受け、物の五分とたゝぬうちに大隊長以下ほとんど全員が殺《や》られてしまいました。敵が左右に進出し包囲しようとするので、生き残った我々はやむなく引き下がってきたのであります」

「それでお前らどうするつもりだったのだ？」

「はい。取り敢えず連隊本部に戻るつもりでありました。しかし道が判らず迷っているところでありました」

「連隊本部の場所は判っておる。これから連れて行くからそこで指示を受けるように。一つだけ言っておくが、お前らの大隊は全滅したのではない。全滅とは一人の兵士も残っていないということだ。少なくともお前ら八名が残っているうちは断じて全滅していないのだ。最後の一兵まで戦うということは文字通り最後の一兵まで戦うことだ。お前らの報告を聞けば、一概に敵前逃亡したとは判断できないだろうが、いずれにせよ、軍旗の下に帰りきちんと申告し、立派に戦い治すように。判ったか！」

「判りました！　軍旗の下に帰ります！」と大声で叫んでから、兵士たちは連隊本部のいる場所に連れて行かれた。

　誰もが最後の一兵まで戦う戦いだと思っていた。安達第十八軍のすべてを懸けた戦闘だった。戸部は何もなし得ず横たわっているだけの自分を恥じ、その運命を呪った。砲弾は司令部のある場所一帯へも飛びこんで来ていた。しかし不幸なことに戸部の肉体を吹き飛ばしはしなかった。

　激戦が続くうちに夜が来た。遅れて参戦を命じられた第五十一師団第六十六連隊がアファ高地に到着した。ダンピールの悲劇を経てラエ・サラモアの戦いを担い、その後サラワケット越えをし、キアリ、マダン、ウエワクと信じられない地獄の行軍を成してきた部隊。未だ三割の兵士が生存し続けていた。しかしこの場所に動員されたのは作戦に耐えられるその半数だった。

忘れた頃に砲弾が飛びこんで来ていたが、それ以外は星が綺麗に見える静かな夜だった。着いたばかりの第六十六連隊は突撃前の小休止ということで簡単な陣を張った。天幕を敷いて寝ている戸部の横にも寝転ぶ兵士たちがいた。戸部の容態が悪いので、彼には関心を払わずに、自分たちの休息に専念していた。身体は疲れ切って動かなくなっていたが、もう暫くすると決戦に参加するということで、寝付けない兵士もいるようだった。戸部の隣りにいる兵士も同僚と小声でぼそぼそと話しをしている。聞くともなしに聞いていると、

「今度の作戦は人減らしだからな」という言葉が耳に入ってきた。聞き捨てならぬと耳を傾けていると、

「サイパンまで落としている米軍にニューギニアで決戦を挑む必要なんて全くない。こゝでの戦い方は持久戦で長期抵抗していくしかあり得ないんだ。しかし食料調達がこんな土地だけに難しい。手持ちの食料でやっていくには、兵力が余りにも多過ぎるというわけさ。補給米で食いつないでいる司令部の将校たちには自分たちの米の量が手に取るように判るのだろうさ。このまゝだと飢えた兵隊たちに自分たちの米が食い尽くされてしまう。そう考えて発令したのがアイタペ決戦だ。兵隊がほとんど全滅してもそれでちょうどいゝくらいなんだろう。これまでも将校だけは喰うものを取ってきたからな。これからも隠し持った食料でなんとか食いつないでいけるというわけだ」と話しを続ける。なんて奴だ！　と戸部は思う。隣りで横たわっているのが将校だと気がつかずにこんなことを喋っているのだろうが、とんでもない考えをすらすらと平気な声で語る男がいる。安達司令官がそんな気持ちで命令を出すわけがないではないか。兵士たちの気持ちも

踏まえて闘う方針を出されたのだ。戸部にはそれがよく判っていた。しかし兵士たちの本音は案外こんなところなのかもしれないなとも思い返す。第十八軍の兵士たちにとって最大にして最終の獲得目標は食べ物なのだ。米軍基地攻撃もゝしかして食料を得られるかもしれないという一縷《る》の望みが意欲をかきたてゝいるのだ。この伍長の語っている話しの中には存外当たっている部分もある。それはこの大東亜戦争の戦況について語っている部分だ。下士官といえども結構確かに状況を摑んでいるものだと思う。ニューギニアでの戦いは第二方面軍の指揮するサルミ地区での激戦で敗れ、マリワナ海戦で惨敗し、ビアク島、ヌンホル島が陥落した時点で勝負はついてしまったのだ。第十八軍の管轄も第二方面軍から南方総軍に再び移行され、南方総軍からは持久戦に入るよう命令されていた。サイパン島守備隊が玉砕し、グアム島、テニアン島まで米軍が侵攻してきている今、ニューギニアでの決戦なぞ、大東亜戦争の戦況に何の意味も持ちはしない。そう認識していれば、この作戦を人減らしのためだとする意見もあり得るわけだった。

「石村、お前の言っていることは判るが、俺はそんなことどうでもいゝ」と伍長の話し相手が言った。「将校がどうであろうと、この戦争が何であろうと、そんなことはどうでもいゝ。俺は憎いアメリカやオーストラリアの兵士を一人でも多く殺したい。むざむざ餓死するのではなく、日本人が死ぬ時、どれ程華やかに狂い死にするかを示してやりたい。俺の望みはそれだけだ」と続けるのを聞いて、戸部もその通りだと心のうちで肯定していると、

「武士道だな」と石村が呟いた。

「そうなのか？」

「あゝ。葉隠精神って奴だ」と石村が言った。「俺は違う。俺は何処までも生き抜いてやる。この戦争で何度も生死の境を迷い、その度にふつふつと沸き上がってきたのは、生きたいというこの気持ちだ。生きものにとって何より大切なものは生きているという奇跡の時間だ。何が何でも生き抜いてやる、生き残ってやる。そういう気持ちでいっぱいだ」

「臆病風に吹かれたんじゃないだろうね」

「まさか！」

「未練か？」

「それはあるな」

「どんな未練だ？」

「色々だ。お前もそうだろう？」

「まあな。考え出せば切りがない」

「女はどうだ？」

「国に女房がいる」

「じゃあ、葉隠精神なんかで死ねんだろう。子どもはどうだ？」

「子どもゝいる」

「ますます死ねないじゃないか」

「もう言わないでくれ。胸が張り裂けそうだ」

「悪かった。もう止そう」

「お前はどうなんだ？　女はいるのか？」

「慰安所の女だけだ。ラバウルにいゝ女がいた」と石村はナツという慰安婦について語り始めた。戸部は聞いていられなくなって、それ以上耳を傾けるのを止した。

この夜、激しい雨《スコール》は降らなかった。そのかわり時折撃ちこまれて来る砲弾は当たった場所を滅茶苦茶に破壊し、辺りに緊張感と虚無感をまき散らした。ニューギニアの底無しに深い夜陰に包まれても、継続している地獄の祭りに気持ちは上擦り、横たわっている者たちの心が安まることはなかった。戸部は横で話される女の話しに苛立ってきてしまう自分を抑えるのに苦労していた。

彼は未だ女を知らなかった。先輩や同僚たちから女郎屋に誘われることもあったが、金で買う女とのまぐわいなぞ邪淫に属するとの認識から、全て拒否してきていた。強姦なぞ、もっての他だった。戦地でしばしば繰り返されるその種の犯罪に彼の心は敏感に反応した。自分の部隊でそういう事件が起これば厳罰に処する腹づもりでいた。しかし兵隊たちの欲望の深さ故に、その捌《は》け口として慰安所や女郎屋の存在は認めざるを得なかった。そういう場所で働く女とまともな女とを分けて考えた。しかし邪淫を生業《なりわい》とする商売女は彼の眼中には不潔な存在として映るだけだった。女と男の営みは、飽くまでも神聖で美しいものでなければならなかった。

「不邪淫か……。十善戒の一つだな」と彼の信念を聞いて安達が感想をもらしたことがある。「不殺生《せっしょう》、不偸盗《ちゅうとう》、不瞋恚《しんに》、不綺語《きご》……、後は何だったたっけかな。いずれにせよ軍人にはとても努まらない善戒だなあ」と笑った。しかしそれらを知っているだけでも司令官は凄いと戸部は思った。彼が子どもの頃、遊びに行った近くのお寺の坊主がこれを教えてくれた。学校で教えるように一つ一つ言葉を覚えさせられ、その意味を説教してくれた。その教えは勅諭や戦陣訓と並存して彼の身体に不思議に染みついていた。

いいなづけにと親たちが紹介した娘に会ったことがある。勿論、手が触れ合うことなく、まともに視線も交わさなかったが、その美しさと香しさは彼を圧倒した。何か柔らかく温かく、心を安がせる存在だった。しかしその時既に大東亜戦争は始まっており、彼の日常生活を含め、彼を支配している一切の世界と彼女の存在は余りにも乖離しているように感じられた。これから始まる激烈な戦争と彼女とは両立しないと思えた。その判断は間違っていなかったと彼は思う。この荒《すさ》みに荒んだ地獄の戦場と女とは全く別の世界に属している。戸部にとって女とは優しさと美しさと儚さとを象徴するものだった。それはちょうど花のようなものだった。いいなづけとはなり得なかったその娘の笑った顔が花びらと重なって浮かぶ。日の丸の小旗を振って送ってくれた女学生たちの顔も花と重なる。桜の花だ。春先の桜吹雪。舞い散る白い花に、死んでいった兵士たちの顔も重なる。彼の部隊の兵士たちだ。なんと多くの兵士たちが亡くなったことだろう。桜の花は死者たちの遺影と一つになる。強風に飛ばされ、白い花弁が雪崩のように降り落ちる。戸部はその光景をまぶたに浮かべ、溜め息をついた。

と、その時、近くに砲弾が飛びこんだ。一瞬の出来事で、誰も身を伏せることすらできなかった。地面に穴が開き、なぎ倒した木から煙が上がっている。破片は四囲に飛び散り、不運な兵士たちを殺傷した。戸部矩中尉もその一人だった。砲弾の破片が頭を貫き、頭蓋骨を砕いていた。即死だった。

第十五章

昭和二十年六月二十五日　ヌンボク

アイタペ会戦で一万三千名の戦死者を出した第十八軍は八月三日、作戦中止指令を出し、これまで艱難辛苦《かんなんしんく》で進んできた同じ道を今度は東に向かっての撤退行を開始した。起死回生を狙った猛号作戦であったが、惨憺たる敗北を帰した末に正真正銘の敗残部隊となった。矢尽き刀折れた落ち武者の如く、よろよろ足を引き摺ってジャングルを敗走した。火砲をことごとく失い、弾薬も限られ食糧は無いに等しい。死んでいく者が後を絶たず、日本軍が通った道の脇には朽ちてゆく死骸が無数に残される。ニューギニアでは常にそうであったが、彼らの回りには屍臭が取りついていた。生き残った兵士たちの中では、かろうじて持ち続けている生命の火を自ら吹き消してしまう者も多発したが、多くの者はたゞ生き続けるためにのみ、自分たちの行動を決定した。自死するよりも罪深いとされた敵への投降は全くと言ってい〻程無かった。「生きて虜囚の辱《はずかし》めを受けず」の戦陣訓の教えは身体の奥底から規定するトラウマのように彼らをがっちり恐怖支配していたのだった。生き残るためには何よりも食糧の確保が不可欠だった。散在する原住民の村々に入りこみ、宣撫し脅迫し、食糧収集に狂奔した。彼らに倣《なら》ってサゴ椰子から澱粉のサクサクを取る手間のかゝる作業を必死で繰り返す者たちも多かった。

米軍は侵攻作戦を更に日本本土に近いフィリッピン諸島に移し、ニューギニアに残る日本軍をそれ以上追撃してこなかった。しかし昭和十九年も過ぎようとする十二月、オーストラリア軍が日本軍掃討をめざし大挙してこの地に上陸し攻撃し始めた。百門以上の大砲と戦車を動かし、上空には四六時中飛行機を飛ばしての攻撃だった。セピック川に近い最深部に第五十一師団、中央部に第二十師団、一番外側に第四十一師団を配し、応戦しながら挺身隊を潜入させての邀撃《ようげき》戦を繰り返したが、次第に守備範囲が狭められていくのは如何ともし難かった。

司令官の安達二十三も転進を続けるうちに、かつて二十貫あった体重が今や十三貫となり、歯も全部抜け落ちてしまった。威風辺りを払う陸軍中将の面影なぞ何処にも残っていなかったが、よろける身体に鞭打って仕事を続けていたのだった。彼は「邀撃決戦敢行精神」として、「健兵は三敵、病兵は一敵、重患者と雖《いえど》もその場で闘え、動き得ざる者は刺し違え、絶対に虜囚の辱めを受くる勿かれ」と訓示していた。戦闘精神を失わせないことが軍にとって絶対肝要な条件であるのは、いかなる場合でも同じであったし、皇軍精神を持ち続けることが皇軍を維持させる唯一無二の手段であった。

崖の中から木の葉越しに双眼鏡で眺める高原にはオーストラリア軍の白い天幕が蜃気楼のように広がっている。空には観測機が低空で舞い、日に何度も大型のダグラス輸送機がやって来て、赤、青、黄等色別にこん包された物資が落下傘で大量に投下されている。敵は戦争に必要なあらゆる物資をあゝして供給してくる。我が皇軍の供給力はゼロだ。食べ物も食わせずに戦争しろなぞというのが土台無理なのだ。

安達には敵との戦いもさることながら、味方陣営の瓦解していくのを引き留める任務が重く肩にのし掛かってきていた。第十八軍の指揮系統はまがりなりにも下まで通じている筈であったが、敵陣と入り組んで展開する範囲は広く、前線の後方に取り残された部隊や兵士もおり、司令部として何処まで把握できているかは心許なかった。いずれにせよ食糧欠乏は全軍にわたり、どの部隊もその収集に血眼になっているのは確かな事実だった。

深刻なのは日本兵同士で行われる強奪の問題だった。死者の身ぐるみを剝《は》ぐのは寧ろ常道で、放置される死体のほとんどは裸に剝《む》かれていた。尻や四肢の肉がそぎ落とされている場合も多かった。死につゝある者から物を奪うのも、もうどうせ必要無いだろうということで、よく行われた。「死んだら俺の身体を食べていゝ」と言い残して死んでいく者もあった。一人でうろうろしている兵隊は狙われ易かったし、数人で行動していても待ち伏せ攻撃にあって虐殺されるという事件が頻発した。狙われるのは持ち物でもあるが、兵士の身体そのものがその対象になっていた。至る所で悪臭を放っている腐った死骸ではなく、未だ生きている肉はタンパク質が決定的に不足している兵隊たちには食指が誘われるものだったのだ。こうした事態を胸元につきつけられ、安達はこれこそ軍規律を瓦解させる犯罪行為として断罪すべきと考えざるを得なかった。その際の参謀たちの反応を思い出す。

「しかし兵士たちはトカゲやミミズやウジまでも反射的に口に入れるほどの飢餓状態にあります。物みな食料に見えてしまうような幻覚に取りつかれている毎日です」と庄司参謀は主張する。庄司自身も頬は痩せ落ち、栄養失調で両足が腫れ上がり靴も履けない状態だった。兵士たちの飢餓は司令官もよく判っていた。だからといって人肉食を許せとでも言うのだろうか。「人肉食禁止令」を出そうと言う安達の考えに反対なのか。参謀が何故にそんな主張をするのか理由が判らなかった。安達がそう言うと、

「一概に人肉食を禁止するわけにはいかないと考えるわけであります」と庄司は暗い顔付きで言う。「一番問題なのはそれによって軍律が乱れることであります。死体の食べられそうな部分を切り取って食料にするとか、敵の死体を喰ってしまうとかの行為は、軍律を損なうものではないと考えるのであります」

「本当にそう考えるのか？　人肉食をまともだと思うのか？」と安達が詰問しても、

「もとより、まともとは考えておりません。しかし、しかしこのとてつもない状況下ではそれも、や、やむを得ないと判断するのであります」と参謀はどもりながらも意見を変えなかった。

結局、軍司令部が出した命令は、

「人肉を喰った者はその場で処断する。たゞし白豚・黒豚はその限りにあらず」というものとなった。日本人の肉は死体であろうと食べてはいけない。たゞし白人や黒人はその限りではないという通達となったのだ。軍律確保という点では歯止めになっただろう。しかしそれで良かったのかどうか安達にも自信が持てなかった。白豚は勿論、連合軍兵士のことだ。黒豚は連合軍兵士の

中にもいるが、主に現地の住民を指している。敵に回った土人たち、いわゆる敵性原住民のことだ。喰う喰わぬの判断が敵味方の関係で位置づけられ、戦闘に結びつけられている。これなら皇軍の敢闘精神を損なうことにはならないかもしれない。しかし前代未聞の命令ではあった。

元々日本軍は現地住民を敵と見なしたことはなく、寧ろ共栄圏の一員として宣撫の対象であると考えてきた。安達がこの地に足を踏みこんだ時、ラバウルでもニューギニアでも彼らの日本軍に接する態度は悪いものではなかった。想定を超える好奇心と親しさを顔に浮かべてこちらに近寄ってきたものだった。見知らぬ客人を迎え入れる大らかな歓待心のようなものもあった。なんでもない布きれや塩の類いの物を与えれば、飛び上がらんばかりに喜んだ。そして特に報酬を要求することもなく、食料や寝場所を提供し、道案内や軍事物資の担送を手伝ったのだった。異境の地で敵と対峙する中で彼らの存在は大きい。友好な関係が保たれゝば、それだけで大いに心が安らぐのだった。安達の書き続けている歌集『邪無愚留《ジャングル》詠草』にも、土人の長閑《のどか》な情景を描いたものがある。てっぺんの椰子の実をとりに青空に向かって高木をするする登っていく子どもの姿。魚釣りの仕方を日本兵から習う子どもたちの波頭と同じ真っ白な歯……。どうしても子どもを描いたものに心休まる歌は多かった。

しかしそんな思いは最初のうちだけで、長くは続かなかった。外からの物資調達が途絶え、全ての食料を現地調達せざるを得なくなり、しかも敵の砲爆撃はあらゆる物を吹き飛ばし、傷ついて足を引き摺る敗残兵が続々と押し寄せるような状況になってくると、彼らは日本軍から離れ、疎んじるようになった。当然の成り行きではあるだろう。山の中の小さな村落に何千もの飢えて傷ついた兵隊が流れこんで来、家は占領され農園は掘り尽くされてしまっては、もう友好どころではない。それを追いかけるように空から陸から猛爆撃が続いてくる。彼らは逃げだし、日本兵に寄りつかなくなってきた。日本軍が近づいてくると、ガラムトという木製の太鼓を使ったり合図の奇声を発したりして部落同士で連絡を取り合う。トントーンと木槌を叩くようなけたゝましい音や動物の遠吠えのような不気味な声が飛び交う中、部落へ到着すると、そこはもぬけの殻になっている。幸か不幸か、現住民の未だ生活を続けている部落に着いて食べ物や寝場所を供給してくれたとしても未だ未だ安心はできない。日本兵が寝こんでいるうちに彼らの姿は消え、入れ替わりに武装した敵性原住民や連合軍兵士が襲いかゝってくる。そんなことが日増しに多くなった。

これまで友好的だった者たちが突然変身してしまう場合も多かった。それは日本軍が敗退していく度合いに比例して増加していった。それまで一緒に行動していた現地人に殺された将校もいる。彼らとよく心を通わせられていることで知られ、回りの土人たちは絶対に親日的だと考えられていた。数人で斥候に行ったまゝ帰らず、探しに行った兵隊に転がっている死体を発見された。死体は日本兵のものばかりで、どれも蕃刀で頭を滅茶苦茶に砕かれていた。現地人は誰もが伐採用の蕃刀を持っており、それを使って虐殺されたと考えられた。原住民同士の相克も激しくなってきていて、連合軍側につく者が増えてくるにつけ、おいそれとは日本軍に味方できない状況になってきていた。航空機の爆音が近づいてくると隠れている日本軍の基地近くから信号弾が打ち上げられ、それをめざして爆撃が開始される。信号弾を打ち上げたのは周辺の現地人である。第十八軍は未だに多くの原住民を管轄下に抱えていたが、それがどのくらい敵とつながっているのか、疑心暗鬼の状態だった。

そのせいもあって今や多くの部隊では村の家々を使用することなく、近くにタコツボを掘ったり、掘っ立て小屋を立てたりして、そこに寝泊まりしていた。その方が敵の攻撃から身を守れる可能性が増す。ヌンボク村に構える軍総司令部にしても同じだった。洞窟を後ろにひかえた椰子の木作りの粗末な小屋がそれであった。そこに無線電信施設があり、日本本土や各地域との連絡を保っていた。

この日は軍医の柳井少尉が安達の健康診断に来ていた。

「これまで通り持病の痔が酷いのと、下痢が続いているのと、歯がすっかり無くなってしまったことゝ、夜に咳き込むのと、鬱な精神状態が続いているのと……、まあ、そんな症状以外に問題は何も無い」と安達は冗談のように柳井に告げた。

「鬱な精神状態でありますか？」とそれが新しく加わったことなので繰り返すと、

「鬱にもなろうさ。こんな状態ではな。しかしそれは軍事機密だ。司令官は決して鬱にはならない」

「お元気でいらっしゃる。鬱には見えません」

「それでいゝ。おらはいつも元気だ」と頷いてから安達は、「しかし本当は鬱なんだな。特に憂鬱なのは、おらのこの腹だ。痩せこけて皺々の段々腹になってしまっておる。切腹する時、この皺をかき分けて切らねばならん。どうにも恰好がつかない」と眉をしかめた。

「切腹とおっしゃいますと？」

「玉砕だよ。いよいよ第十八軍も玉砕する時を向かえた。今朝来た大本営からの知らせによると、沖縄守備隊が総司令部を先頭にとうとう全員玉砕したとのことだ。いたましいことだが、武士の本懐を果たしたとも言えよう。大東亜戦争は既に最終局面に入っておる。文字通り一億火の玉となって闘うしかない。このニューギニアでは我が十八軍が最終決戦として玉砕戦を敢行する。最早我々には取るべき手段はそれしか残されておらぬ」

「閣下はそれを命令されるお積もりなのですね？」

「参謀会議を開いて近いうちに布告する。第十八軍も今年の夏までだ」

「夏まで？」

「そう。玉砕決戦といえども色々準備することがあるからね。一兵も無駄にすることなく全軍の総力をあげた戦いを作らなければならぬ。我が軍の現状では一ヶ月ほどの準備期間は必要とするだろう」

「もう作戦はお考えなんですね？」

「あゝ、大体はな」という安達の言葉に柳井は暫く考えこんでから、

「ニューギニアでそれが必要なのでしょうか？」と聞いた。

「軍医も気づいていると思うが、このまゝでは我が軍の壊滅は必至だ。未だ戦える力のあるうちに決戦を挑まなければ、決定的に遅れをとることになる。日本本土では空襲に曝《さら》され焼け野原になってさえも、女子供までもが本土決戦の準備を進めておる。今、軍人が身命を賭して戦わなけ

れば何のための軍人か。我々に残された手段は玉砕戦しかあり得ない」

軍人として安達がそう言い切る気持ちはよく判った。しかし医者の柳井には、敢えてこゝで玉砕戦を挑む必要性には疑問があった。軍人のメンツということであれば、もう充分戦っているではないか。華々しく散る玉砕戦は後の無い自殺戦である。しかもこゝまで来た戦局には影響を与えはしないだろう。無駄に死者を積み重ねるだけの結果になりはしないか。柳井のそういう疑問を知ってか知らずか安達は、

「おゝきみの辺《へ》にこそ死なめ顧《かえり》みはせじ、だよ」と言った。そう。海ゆかば水漬《みづ》く屍、山ゆかば草生《む》す屍《かばね》……、この歌の通りに累々たる屍を重ねてきた。その酸鼻を極めた惨状は、もうこれ以上決して繰り返してはならないむごたらしさだった。軍人といえどもまさかそれを理想の光景とするのではあるまい。その思いから、

「天皇陛下はそれをお望みなのでしょうか。悲しんでいらっしゃるのではないでしょうか」と柳井は言葉を重ねた。それを聞いた安達は緊張し、

「柳井軍医、そんな言葉を吐いてはならんぞ。畏《かしこ》くも天皇陛下はヒトの感情など超越したところにおられる。神《かみ》霊上に在りて照覧し給うのだ」と姿勢を正して告げた。言ってはならないことを言ってしまったようだった。

第十六章

二月某日　セピック地帯

眼の前に黒い顔がある。じっとこっちを覗いている。何だろうと眺めていると、その顔が「ユサベ？　オライタ？」と言葉を発した。「判る？　大丈夫？」とピジン語で聞いているようだ。この親しげな顔付きは酋長の息子タローではないか。石村三男はそう認識し、頷いてみせると、「グットペラ！　ミ　アママス！（良かった！　嬉しい！）」と白い歯が笑った。その後ろに椰子の葉を蔦でくゝって葺《ふ》いてある屋根の裏側が広がっている。自分はでこぼこした板張りの床に横たわっている。窓として開けられた隙間から日の光が差しこんできている。昼間だ。日本兵にあてがわれた高床式の小屋で、だいぶ長い間寝ていたようだ。「ミ　スリィプ　ロング　ワネム　タイム？」いつから寝ていたか聞くのは多分こんな風に言えば通じるだろう。

「ユ　キスィム　スィック　ナ　ダイ　ピニス（あなたは病気に罹って死んでしまっていた）」とタローは説明した。死んでしまっていた？　そうか！　上田上等兵や渋谷一等兵と同じように熱発の末、死んでしまうところだったのだな。下の方は汚れを直ぐに流せるようにか褌《ふんどし》も取り去られていた。寒々しい光景だ。ひょっとすると埋葬の準備すらしていたのかもしれない。死期が近づくと全身から虱《しらみ》がうようよと這いだし身体にハエがたかってくる。石村は、最初に上田、続いて渋谷と続けて死体を埋めた暗澹たる自分の記憶を脳裏に蘇らせる。あれと同じ状態に自分が陥っていたのだろう。タローの様子も笑顔こそ浮かべてはいたが、死体が生き返って驚いているという風でもある。多分、俺の顔は死骸さながらに酷いものとなっているに違いない。

頭が痛い、腰が痛い……。意識が回復してくるにつれて、身体の痛みも自覚されるようになってきた。

小屋の中を見渡してみる。荒らされた形跡はなく、特に無くなっている物も無いようだ。大切な岩塩も小銃や弾薬もそのまゝになっている。村人たちにとっても喉から手が出るほどに欲しい筈のものばかりだ。しかしそれに手がつけられてはいない。完全に石村が死んでしまって埋められた後でなければ、泥棒ということになるのだろう。欲しい物をどんどん略奪していった日本兵とは随分違うことだわいと石村は苦笑した。

この小屋に運びこまれた物資は糧秣集積所から三人が奪ってきたものだった。日本軍が設置した集積所だったが、今や連合軍の占領下にある。入口付近に張り巡らされた針金に引っかゝると銃弾が発射する仕掛け銃が設えられていたが、その仕組みを熟知していた石村たちは難なくそれを取り除き、保管されていた貴重な物資を運び出すことに成功した。毛布や携帯天幕、米、粉味噌、粉醤油、乾パン、煙草、缶詰、飴、それに岩塩。どれも生きていくために必要な貴重品だった。それらをいっぱいに背負ってこの集落に辿り着いた際、その幾つかは現住民へのプレゼントとして大いに効果を発揮した。妻を四人も持っている酋長、ジロチョーという日本名を贈ったが、彼は三人にこの高床式小屋を住まいの場所として提供してくれた。

この集落はセピック川上流にあって、戦線からは遠く取り残され、敵軍の監視網からも外れているようなのだった。敵の襲撃もなく、現住民が襲ってくることもなかった。日本兵たちは原住民と一緒に猪や火食鳥の狩猟に出かけたり、男たちの溜まり場になっているマロロハウス（休息の家）で食事をとったりした。何時になく物資には恵まれていたし、戦争が遠ざかっているようで、体調も回復しそうだった。しかしそんな予感も束の間に、長い間の戦いの日々の疲れからか、悪性のマラリア原虫にやられたゝめか、上田上等兵、渋谷一等兵が相次いで熱発し、気が狂うような症状を呈して死んでしまった。「兵卒では決して生き残れないニューギニア」という囁《さゝや》きが兵士たちの間で交わされていたが、その言葉通りに下士官の石村一人だけを残して二人とも逝《い》ってしまった。

彼ら三人の間では将校に対する不信というよりも敵意は共通した感情だった。何よりも喰い物の壟断《ろうだん》。兵卒が必死になってバッタを追いかけている時に、将校たちはカニ缶を喰っている。イモの切れ端の入った薄い粥をすゝっている時、彼らの食するのはほかほかの米飯だ。それでも、こんな食事では栄養失調になってしまうと、あろうことか当番兵を怒鳴りつけてくる将校。部下の人間としての有り様なぞ少しも考えようとせず、兵卒なぞ虫けら同様に見ている。軍律と体罰とで兵隊を締め付けてくる暴力支配。地獄のニューギニアにあってさえそれは少しも変わらなかった。地獄の中の地獄だった。だから三人は隊列から離れた。尤も第五十一師団自体既に瓦解状態に陥っていた。生き残っている者の大半は、もう思うように身体が動かなかったし、残りの者たちもセピック地帯に思い思いばらばらに分散して生活していた。中央からの指揮伝達を自ら断ち切ってしまう者たちもかなりの数にのぼっていたのだった。

軍のありように対して反発する気持ちを共有していたので、三人の間では階級の上下関係などは意識しないようにしてきた。少なくとも石村はそのつもりだった。しかし実際それがどれだけ実現できていたゞろうか。支配するされる上下関係は本当に無かったのだろうか。そう自分に問いかければ答えは非常に心許《もと》ない。自然に出てくる指揮系統というものは確かに存在していた。石村が全体の方針を決めるのは寧ろ当たり前のことゝされていた。それが階級的な上下関係とどう結びついていたのかは定かでない。上田も渋谷もこんな僻地で石村伍長に命令され続け働かされ続けて死んでいった。その思いは石村の胸を締めつけるものがあった。矢張り兵卒は死に下士官だけが残った。その事実は居たゝまれない気持ちを石村の胸に残していた。

生き返った後の石村の生活は、日本兵が三人いた頃のそれと変わりはしなかった。男たちと一緒に狩りに出かけ、マロロハウスで食事をした。狩りの獲物は主に猪や火食鳥だったが、時にはキノボリカンガルーやクスクス、鳥等を狙った。猟犬を何匹も使って追いつめ、最後は弓矢で射るが、それが難しい場合は石村の銃を使った。銃の殺傷能力の高さは村人たち全員の認めるところとなっていた。

マロロハウスは男たちの溜まり場であったが、スピリットハウス（精霊の家）とも呼ばれ、日本で言えば神社のような場所でもあった。ワニが口を開けた形にデザインされた急勾配の切り妻屋根を持つ大きな建物で、入口には大きな男根の彫刻が飾られている。屋根を支えている柱はかなりの大木で、これらを地面に設置し広大な屋根を組む技術は吉野の山の修験者並みのものと思わせた。柱には彫刻が施されていて、現住民の生活や精霊の姿形、ワニ、男根等が表されていた。ワニに対する畏敬の念の強さは男たちの身体からも知られる。彼らの背中や腹には無数の傷跡があって、それがワニの身体のデコボコのような形で並んでいる。成人を迎える儀式の日に、このマロロハウスで血だらけになって作り上げられたものだ。そうした儀式でも生活の在り方でも男と女では厳密にその役割が違っていて、男は男、女は女でそれぞれまとまって行動している。夫婦としての営みは、一家の倉庫として作られているブッシュハウスで行われる。ジロチョーのように四人も妻のいる者は、ブッシュハウスを幾つも持っている。食事の際には妻たちがそれぞれにマロロハウスでごろごろしている夫のもとに食事を届ける。女の子供がいる場合はその子が届けに来る場合もある。複数の妻がいる男にはその数だけ食事の量が多くなり、余計の分は妻のいない男に回される。石村の食事も酋長ジロチョーから回されてきたものだった。

男たちの恰好は褌《ふんどし》かラプラプと呼ばれる腰巻きを巻いただけで、女たちはと言えば赤い腰蓑だけの裸体だった。ちりちりの髪、険しい顔付きで、男と見まがう者もいたが、胸に垂れる乳房は確かに女であることを示していた。未だ華奢な若い娘は乳房の形も良く、顔も人形のように愛らしかった。石村がそんな娘の一人に見とれていると、

「エミ　グットペラ？（いゝ娘だろう）」とジロチョーが言ってきた。

「イエス！」と口を拭いながら石村が答えると、

「エミ　ドータ　ビロング　ミ（私の娘だ）」とジロチョーは彼女のパプアな頭を撫でて紹介した。

「ナイス　ドータ」と石村は追従するように微笑んだ。その答えにジロチョーは満足げに何度も頷いてから、

「ユ　ライク　マリット　ロング　エム？（彼女と結婚したいか）」と石村の顔を覗きこんだ。並大抵の質問ではない。ジロチョーの顔を見つめ返し、どういうつもりでそれを言っているのかを確かめるが、戯れの気配は少しも見つからなかった。「サポス　ユ　ライク　マリット、ユ　マス　ペイム　プレセント　ビロング　パパ（もし結婚したいのなら、父親に結納を払わなければならない）」と条件さえ言い足したのだった。石村は彼らが銃を欲しがっているのを思い出し、

「ガン　ナ　ブレット　オ　ノガット？（銃と弾丸でい〻か）」と言ってみた。上田と渋谷の銃が彼の手元に残っていた。石村には、銃は自分のが一丁あればそれでもう充分な気がしているのだった。

「オライト　ミ　キスィム　ガン　ナ　ブレット（それでい〻。銃と弾丸を貰おう）」とジロチョーは商談成立の握手を求めて手を差し出してきた。娘はやりとりを最初からずっと見ていたが、一言も口を挟んでこなかった。何が話されているのかは理解しているようで、不安げに石村の顔をじろじろと眺めていた。ジロチョーは娘の不安を消すように、石村を指さして、

「グットペラ　マン！（い〻男だ）」とそこに居合わせた全員に向かって言った。

　これで石村の結婚が決まった。そうとなると翌日にはシンシンと相場が決まっている。他の部

族は呼ばずに彼らの集落だけでやるという段取りを聞いて少し安心する石村。日本兵が結婚するなんぞという情報が伝わっていったなら、必ずや敵の手が入ってくるに違いなかったからだ。この集落には五十名程の人間がいて、それが総出で宴に加わった。焼き石とバナナの葉を使った蒸し焼き料理ムームーや、野菜と肉を詰めこんだ竹筒を回しながら火に炙るマンボ焼きを楽しみながら、飽きることなく歌い踊った。歌は美しい和音を保ちながら三部四部のハーモニーを響かせる合唱となっていた。小学校で合唱らしきことをしたゞけの石村はこれほど上手な歌声をこれまで聞いたことがなかった。踊りは単純な動きの繰り返しだったので、自然に石村もそれに加わり、同じように身体を動かしていた。やっているうちに力が入り、村一番の踊り上手のような気分で踊っていたのだった。酋長ジロチョーは終始笑顔で、結納にと貰った二丁の小銃を皆に見せた。人殺しの道具として賜った皇軍の武器が、この時は友好の象徴のように見えた。

妻となる娘は女たちと一緒にずっと行動していて、石村の近くに寄ってくることはなかった。しかし当然のことながら石村の関心はその娘に注がれ、視線は彼女の姿を追い続けていた。黒い石のような身体の群れにあって、彼女の肉体だけは温もりのある柔らかな存在であるように見えた。彼女はわざと石村の方を見ないようにしているようだった。しかしさすがに時折こちらを見ることがあった。ごくたまに、微笑みを返してきた。その瞬間は、石村にとってこれ以上無い喜びを感じる時だった。自分が結婚する。こんな所で、あの女と。信じられない出来事ではあった。彼はこれまで結婚したことはなく、その話しさえこれまで全く無かった。運命のいたずらを感じた。

その夜、女は一人で石村の小屋にやって来た。はにかみながら小屋の隅に立っているので、「ようこそ、奥様。どうぞこちらにお座りください」と天幕で作った座布団を差し出した。女は緊張で身体を幾分強張らせながらも、その上にあぐらをかく恰好で座った。まず最初にやることゝして、

「ネム　ビロング　ミ　ミツオ」と石村は自分の名前を紹介した。そして「ワネム　ネム　ビロング　ユ？」と相手の名前を聞いた。女が何か答えたが石村には聞き取れなかった。ワネム？　ワネム？　と繰り返し聞かれるうちに女は諦めたのか、

「ミ　ライク　ニッポン　ネム（日本名が欲しい）」と望んできた。咄嗟《とっさ》に石村の頭に浮かんだのはナツの名前だった。

「ユ　ネム　ナツ」とその女もナツと呼ぶことにした。

「ミ　ネム　ナツ」と喜ぶ女を石村は感慨深く見つめた。ラバウルのナツは一時間五円で買った。今度のナツは小銃二丁で買った。やってることは同じかもしれない。

腰蓑をつけている以外、女は最初から既に裸体である。触ってみれば四肢や腹の筋肉が男のように発達している。褌一つの石村と抱き合えば、裸と裸の肉体が密着し、鼓動が高鳴り、息も激しくなってくる。男根が勃起してくると、女は四つん這いになり尻を彼の方に向けた。後背位でやってくれということか。獣のようで如何にも相応しい。女との関係は犯し犯されるの関係でしかなかった彼には珍しい光景だった。慰安婦が自ら身体を開いて待っている姿には似ていた。抵抗すると酷い目にあうかもしれないので、さっさと仕事を済ませてしまおうというのが彼女たち

の腹だ。このニューギニアのナツもそれと同じなのだろうか。入れるとぬるぬるしてこれは処女でないのが瞭然だった。幼さの残るあどけない顔つきをしている割りに、男となにがしかの交渉があったのは間違いない。今も他に好きな男がいるのかもしれない。日本とは全く文化の違う人々だ。性に関してどういう考えを持っているのかは定かではない。石村は純潔がどうのと言う気はなかった。自分のやってきたことを思い起こせば、口が裂けてもそんなことを言えた義理は無かった。今はこの村で、与えられた生命の時を享受するだけで充分だった。

昼間も石村はナツと行動することが多くなった。

野菜摘みにもついていった。ウリの葉、シダの葉、パンの木の葉、クレソン、セリ……、様々な種類の葉を摘んだ。トマトやライチの実もゝいだ。どれも所有者無しの野生のものだ。バナナもたわゝになっていたので、もぎとろうとすると、

「ノケン　カイカイ　ワイルド　バナナ（野生のバナナは食べられない）」と言われた。パパイアやタロ芋も同様らしい。人の手を入れて育てゝいく必要があるようなのだった。そういうこともあってか、二人は自分たちの畑を作ることにした。それを言い出したのはナツで、率先して垂範するのもナツだった。尤もこればかりではなくほとんどあらゆることをナツが決めた。石村はたゞそれに付き従っているだけだった。バナナ畑の一画を彼らが使えるらしかった。収穫を終えたバナナは、孫生《ひこば》えのように脇に生えている小枝だけを残して全部刈り取ってしまうので、かなりのスペースが空く。そこにタピオカ、アボガド、パパイア、タロ芋等を植えた。どれも茎を土に刺すか、種芋を植えつけるかするだけで、種から育てるものは無かった。熱い日射しと充分な降雨

量で、生育するのは早かった。畑作業をしている途中、時々近くの叢《くさむら》に入って性交を行った。動物のように直ぐ交わり、終わると何事も無かったかの如くに再び農作業を開始した。一番の主食となるサクサク作りも石村は女たちに混じって一緒に手伝った。他にすることの無い男はしばしばこの作業を手伝う。石村も第五十一師団にいた頃から兵員総出でこの作業をしたものだった。一日中水を使って作業をするが労多くして得られる澱粉は僅かばかりで、溜め息ばかりが溜まっていく仕事だった。しかしそれは原料のサゴ椰子の選び方に問題があったのだということが判った。サクサクが良く採れるサゴ椰子というものがあって、村人たちはその椰子林の生育を十年単位で見守っている。それを知らずに闇雲にサゴを剝いでいても消耗なだけなのだった。ナツからは多くのことを知らされた。

ナツは子豚を一匹貰ってその飼育を決めた。それからはナツと子豚はいつも一緒にいることゝなった。寝る時は寝床を一緒にし、外へ出る時はビルムという網袋に入れて運んだ。つぶらな瞳を興味深くこちらに向けてきて子豚はまるで子供のようだった。気持ち良さ気に大人しく抱かれている子豚を揺らしながらナツは、

「プリティ（可愛い）、プリティ、グットペラ　ベイビ（良い子）」と嬉しそうに笑った。こうして石村とナツとその子豚が家族となった。子豚を可愛がるナツの姿を見るにつけ、自分のやってしまったある情景を思い出さゞるを得なかった。あのサラワケット山系で同じような女から同じように抱いていた子豚を強奪したこと。あの時の女の怒りが忘れられない。あの女が自分を見つけたらどのような言葉をぶつけてくるだろうか。予想はつく。だがそれだけではない。それは氷山

のほんの一角に過ぎない。豚だけではなくあらゆる食物を日本軍は奪い尽くし畑という畑をことごとく喰い荒らしてきた。中国大陸でも自分は民家を襲い、何の罪も無い家族を攻撃し、物を奪い家を焼き人を殺してきた。決して首肯し得ない数々の修羅場を演じてきた。強盗放火殺人の犯罪人と同じことをしてきたのだった。戦争だったのだから仕方がない。そう言い切れるだろうか。ナツと同じような女子供に向けてさえ手を下した。日本軍が来なければ平和に暮らし続けていたに違いない無垢の民を。被害者やその家族たちが、こうして生き残っている自分を見つけたら何を思うだろう。だが実際、その時自分はどうすれば良かったのか。戦争の最中で戦争をせずにいられたか。軍の命令に従わずにいられたか。そんなことは考えられない。戦争の中ではたゞたゞ戦争をし続ける以外にはないのだ。兵隊は皆自分と同じ普通の日本人だった。普通の人間が息を切らして戦争をし続けていた。無数の人々をそんな狂気に追いこんだ戦争を憎む。その兵隊たちもニューギニアでは累々たる屍となって無益に朽ち果てゝいった。どこに誰の遺骸があるのか決して知られることもない。全国民を総動員してとんでもない殺戮行動にかりたてゝいった国家を、地球の片隅の追いやられたこの屍境で、俺は憎まずにはいられない。石村はそう思った。

第十七章

昭和二十二年九月九日　ラバウル

昨日、オーストラリア第八軍管区司令部からラバウル裁判の全てが終了した旨の通告があった。四月、安達が無期禁錮の判決を下された時に提出した請願書では、自分の有罪判決は本懐とするものゝ部下の受刑者については全くの無罪の者がいることを詳細に訴えていた。そのうちの八名が無罪釈放となり、今月十八日頃に予定されている日本への最終帰還船に乗ることが伝えられた。その船で日本弁護団も帰国する。オーストラリア軍の許可を得て、今日安達は今村均大将と共に弁護団に最後の挨拶に出向き、謝意を表した。これでやるべきことは全部終わった。あとは死ぬだけだった。

安達のその決意は固かった。しかし降伏から二年間、軍の最高責任者としてやらねばならぬことがたくさんあった。先ず、全軍玉砕の意志で固めてきた戦線に大日本帝国の降伏を表した詔書を受け入れさせ、軍紀を保ったまゝ全軍従容として行動させる必要があった。大命が下った以上、承詔必謹《しょうしょうひつきん》し、無用なあらがいは忌避しなければならなかった。飢餓と病魔にさいなまれて動きのとれぬ兵士たちを含む、各地域に散らばった大量の兵士たちをウエワクに集結させる作業は大変だった。オーストラリア軍の指揮下で行われたが、昨日までの敵兵同士であったがために、動物以下の扱いも間々あり、その途中で死んでいく者たちも後を絶たなかった。集まってきた日本兵全員が押しこめられたウエワクのムシュ島でも、強制労働こそあったが何も物が無い状態は続き、飢えと病に因る死者の数が減りはしなかった。これまでそのまゝ放置されることの多かった遺骸は、ムシュ島では珊瑚礁に墓穴を掘って埋葬された。潮風に吹かれる南の島に千本以上の墓標が立ち並ぶ墓地ができた。安達は軍司令官としてしばしばオーストラリア軍とかけ合い、リンチさながらの強制労働の禁止や捕虜の置かれている環境改善に向けて尽力した。

戦争犯罪容疑者としてラバウルの収容所に移される時、ムシュ島にいた全将兵に向かって最後の訓示を行った。熱い思いをこめながらも司令官としての威厳を保った内容だったが、思い余って、

「この間、発生した諸種の事件は『おら』が不敏でしたことだ。すべては軍司令官である『おら』の責任である！」という、いつも使っている言葉での感情表現を入れてしまった。聞いている将兵たちはその直裁的な表しように心を動かされたが、安達の言葉に嘘はなかった。戦犯裁判に於いては常に部下たちをかばい、責任は挙げて自分にあるという態度に終始した。部下の裁判に証人として出廷し、彼らの刑の軽減に向けて努力した。安達は光部隊と名付けられた戦犯容疑者たちの心の拠り所となっていた。……その裁判も全部終了した。

身辺整理はもうできている。残していく物は遺書と腕時計ぐらいで他には何も無い。さっぱりとしたものだった。戦地でずっと書き続けていた歌集『邪無愚留《ジャングル》詠草』は、長女洋子の死をムシュ島で知らされた時、焼き捨てゝしまった。娘に見て貰おうと書きためていたのだった。彼女が死んでしまったのでは、そんなものがあっても仕方がないと思ったのだ。残していくものはほとんど何も無い。しかしこれでも戦場で朽ち果てゝいった兵士に比べればずっと良い。充分に考えて書き上げた遺書を残せる。こんなことは戦死した兵隊にはできない相談だったからである。

遺書は五通あった。今村大将ならびに第一復員局長上月中将宛てのもの、第十八軍将兵（光部隊残留）宛てのもの、収容所長アプソン少佐宛てのもの、春海・潮子・磯子の一男二女に宛てたもの、兄十六と十九両氏に宛てたものである。

安達は今村大将と上月中将に宛てた遺書を読み返してみる。

「昭和十七年十一月第十八軍司令官の重職を拝し、彼我戦争勝敗の帰趨将《まさ》に定まらんとする重要なる時機に於いて皇軍戦勝の確保挽回の要衝に当たらしめられ候こと男子一期の面目にして有り難く奉存候。

然る所部下将兵が万難を克ちて異常なる敢闘に徹し上司亦《また》全力を極めて支援を与えられしに拘わらず小官の不敏能《よ》く其《その》使命を全うし得ず皇国今日の事態に立到る端緒を作り候こと罪洵《まこと》に万死も足らず恐入奉候」と先ず事実経過と敗北の責任を明確にした。自分の心のうちは次に書いた。

「此《この》作戦三歳の間十万に及ぶ青春有為なる陛下の赤子を喪い而《しか》して其大部は栄養失調に起因する戦病死なることに想到する時御上に対し奉り何と御詫びの言葉も無之候。

小官は皇国興廃の関頭に立ちて皇国全般作戦寄与のためには何物をも犠牲として惜しまざるべきを常の道と信じ、打ち続く作戦に疲労の極に達せる将兵に対し更に人として堪え得る限度を遙かに超越せる克服敢闘を要求致候。之《これ》に対し黙々之を遂行し力竭《つ》きて花吹雪の如く散り行く若き将兵を眺むる時君国の為とは申しながら其断腸の思いは唯神のみぞ知ると存候。当時小生の心中堅く誓いし処は必ず之等若き将兵と運命を共にし南海の土となるべく縦令《たとえ》凱陣の場合と雖も渝《かわ》らじとのことに有之候」

もしこの戦争に勝ったとしても、このニューギニアの地で次々に散っていった多くの将兵と共に死んでいく。それは身体の奥底から突き上げてくる思いで誓った安達の決意だった。

東部ニューギニアの地に足を踏み入れた日本軍総兵力は約十四万人。そのうち生きて終戦を迎えられたのは一万三千人に過ぎなかった。海軍の艦艇乗員、輸送船の船員、徴用民間人等を入れゝば、ゆうに十五万人が東部ニューギニアで死んでいった。

既住三載真一夜　十万忠魂何処迷

安達が作った漢詩の一部である。十数万の霊の重さは安達の身体から決して離れることはなかったのである。

万単位の兵を殺してしまう作戦は古今の将軍に於いて決してあり得ないことではない。ワーテルローの戦いでナポレオンは四万人の死傷者を出し、日露戦争では乃木大将が五万人もの戦死者を出している。死者の多さにたじろいでいるようでは将軍職は務まらない。しかしそれら数々の戦いと決定的に異なっている事情がある。それは安達の部下たちの大部分は、酷い飢餓によって死んでいったという事実である。何も無いジャングルの地に投げ出すように放りこまれ、その後補給も無かった。近代戦の最低限の条件である物資と兵站戦の確保。安達はなんとかそれを獲得しようと努めた。しかし異境の地でそれは困難を極めた。潤沢に補給される敵の物量を前にして、まるで徒手空拳《としゅくうけん》さながらに対峙したのである。火力の差はとても話しにならなかった。しかし何よりも兵士を苦しめたのは、食べる物が無いことだった。餓鬼地獄という言葉がある。まさにその言葉通りの惨状が日常となった。制空権も制海権も完全に奪われた南溟の未開地で、飢えと病にさいなまれて死んでいったのである。生きたまゝ死骸同然となっていく兵士たちの群れを見ながら、最高責任者として、済まないと思わぬ時はなかった。切歯扼腕《せっしやくわん》、途方も無い絶望の淵に立ちすくむ時もしばしばだった。不屈の皇軍敢闘精神で捨て身の肉薄攻撃を繰り返したものゝ、勝負は戦う前からついていた。そんな状態で戦い続けなければならなかった。それが悔しかった。その悔しさは兵士たちも同じ筈だった。同じ思いを抱いた者と一緒に死にたかった。

しかし安達は総軍に責任を持つ司令官である。戦争遂行の責任者である。兵士と同じではあり得ない。兵士たちにこの戦争をさせた頭目そのものなのである。ニューギニアでのこの惨憺たる戦争の責任をとらなければならない。安達はそれをよく判っていた。死んで詫《わ》びたい思いはずっと以前からあった。しかし眼の前にやらなければならないことがある限り、その職務を敢然と遂行する義務があった。それが彼を生かす原動力だった。しかしその役目も終えた今、安達はやっと死に就くことができる。

なんでこんなことになってしまったのだろうという思いはある。そもそもこのニューギニアの地は、開戦当初の作戦計画には入っていない場所だった。勝敗逆転の可能性がある『攻勢終末点』をはるかに越えるこの地にまで戦線を拡大したのは、開戦直後の海軍の暴走に原因がある。真珠湾奇襲に成功した感激から次はラバウルだ、ミッドウェーだと激しく昂揚していった国民世論も大いに後押しをした。軍人も民間人も皇軍の不敗を盲信し、敢えて危険な大博打を挑んだ。自分の所属する陸軍にしても冷静だったとは言えない。内閣の『不拡大方針』を無視して中国大陸の奥地にまで進出し、戦線をビルマやインドにまで拡大していった。神国日本は百戦百勝、絶対に負けることは無いという主観的な思いこみが拠り所となっていた。明治以来続けられてきた『富国強兵』教育の成果として民間人がそう思いこむのはやむを得ない。しかし軍人が主観的願望を頼りに戦争してはならないのだろう。帝国陸海軍が滅び去った原因の一つがこの肥大化した主観、傲慢不遜、それに自ら気がつかない硬直した官僚組織にあったのかもしれない。思い至ることは数々ある。しかし安達は敢えて思考を帝国陸海軍や大本営にまで広げる気持ちは無かった。そうやって上に登っていけばとゞのつまり天皇陛下にまで責任を問う思考になりかねない。それは許されざるべき発想に他ならなかった。だからすべては軍司令官である『おら』の責任である！この言葉に尽きていた。

　夜半を過ぎた。同室の者たちは深く寝静まっている。多い時は数十人が起居していたこの棟に今残っているのは数人になっていた。安達は遺書を枕の下に並べてから、悟られないように音を忍ばせて出口に向かった。厳重に有刺鉄線を張り巡らした柵の五メートル置きに立っている高さ三メートルの柱から照明灯が光を放ち、収容所コンパウンドは眩しいほどに光に満ちている。四隅に聳えるやぐらには、機関銃を備えた見張りがいる。しかし収容者数が満室時の数パーセントに減っている今、警備にあたっている現地兵の動きは緩慢だ。窓からその動きを見つめ、見張りの視線が逸れている時を見計らって安達はドアの外へと出る。小屋の外には芝生が敷かれ、花壇さえもが作られていた。どれもこれも捕虜となった日本兵が作ったものだった。安達は直ぐ隣りの小屋に入った。そこに収容されていた者たちは既に全員帰国し、今やすっかり空き家になっていることを知っていた。誰もいない暗い室内に僅かに外からの照明灯の光が射しこんでいる。

安達は祖国日本の方向に向かって正座し、用意していたナイフを懐中から取り出した。切腹用にと隠し持っていた短刀はオーストラリア軍の度重なる所持品検査で取り上げられていた。今安達が手にしているのはやゝ錆びた小さな果物ナイフだった。これしか手に入らなかった。今村第八方面軍司令官は、青酸カリを使って自殺を試みた。しかし薬が古過ぎて幾ら飲んでも死ねなかった。その青酸カリの残りなら手に入るが、いくら何でもそれは使えない。第二方面軍の司令官であった阿南大将は割腹したまゝ端座し続け、そのまゝ絶命したと言われている。安達もその方法しかないと考えていた。武士らしく自刃《じじん》する。それが最も理想的な死に方だった。

問題はこの小さな果物ナイフでそれができるかということだった。精神一到何事か成らざらん。殊に自分の命の始末なら余計にそうだろう。安達はそう信じて疑わなかった。

息を詰め、思い切り腹を突いた。しかし刺さらなかった。それを繰り返すうちにナイフが折れてしまいそうだった。仕方なく、切れそうな刃の部分を確認してから、それを腹に押し当て横に引いた。血が噴き出したが、腹を裂くまでには至らなかった。その傷口に刃を当て二度三度と切り進んだが、内臓にまでは届かなかった。このまゝでは死ねない、と判断できた。こんなこともあろうかと安達は首吊り用の紐も用意してあった。襦袢や袴下を使って作った紐で、この部屋の目立たぬ所に隠してあった。出血しながらそれを天井の桟にかけ、首吊り用の輪を作った。そこに首を入れ足場を外し全身をぶら下げた。桟がぐっと下に沈み、紐が引き締まった。宙にぶら下がっている自分を感じた。死ねそうだった。

　ドアを開けて誰かゞ入って来た。慌てゝ近寄って来て、だらんと垂れている安達の腕を上げ、あろうことか脈を取り始めた。そして「未だ、生きている！」と叫んだ。「降ろしましょうか？」と一緒に入って来た者に聞く。おい、止めてくれ！　そんなことをしてくれるな！　叫びたい気持ちでぶら下がっていると、「いや、待て、直ぐに今村閣下に連絡しよう」ともう一人が言う。山本大尉の声だ。頼む！　見過ごしてくれ！　頼む、死なせてくれ！　そう念じつゝ未だ死ねずにぶら下がっていると、どやどやと人の入ってくる気配がした。「暗い！　マッチをすれ！」の声の後、おゝ、というどよめきと共に「安達閣下だ！」という叫びが聞こえた。安達、安達とざわめきが増していく中、「静かにしろ」と今村大将の声がそれを制した。「武人の覚悟の上のこと。このまゝにしてやるのが武士の情けだ」と続けた。今村、ありがとう！

　読経の声が聞こえた。般若心経だ。照見五蘊皆空《しょうけんごうんかいくう》　度一切苦厄《どいっさいくやく》　舎利子《しゃりし》　色不異空《しきふいくう》　空不異色《くうふいしき》
色即是空《しきそくぜくう》　空即是色《くうそくぜしき》　受想行識《じゅそうぎょうしき》　亦復如是《やくぶにょぜ》……。お陰で良い死に方が……。

第十八章

昭和三十一年十二月十四日　セピック地帯

今月八日にオリンピックは閉会式を迎えた。十月に起きたハンガリー事件に抗議してオランダ・スペイン・スイスが、スエズ動乱への英仏介入に抗議してエジプト・レバノンが大会をボイコットするというマイナス面もあったが、東西ドイツが統一チームで参加するというプラス面もありで、無事終わってみれば「平和の祭典」としてのオリンピックは益々その意義を増してきているようだった。日本人選手団の健康管理という役割で公費派遣されていた柳井玄太にとっても、世界七十七ヵ国が参加したこのメルボルン大会に現地で接しられたことは、世界中の人々が一緒に同じ空間を共有する体験で、心が一挙に開かれるような貴重な学習となった。大日本帝国の支配下にあった朝鮮、台湾、敵国だったアメリカ、オーストラリア、中国。それらの人々は身近な存在として知っているつもりであったが、それ以外にも世界にはなんとたくさんの国々があって様々な民族に満ちていることか。それが一同に集い同じ感情で沸き上がる光景を目の当たりにし、一緒に人類の未来を共有していけるという思いを喜びの心のうちに確認し得た。

メルボルンで体験したもう一つ大きな出来事に、日本人選手を応援しにやって来た国会議員として藤木茂の姿が混じっていたことがある。元大本営参謀。ノモンハン、マレー半島、フィリッピン、ガダルカナルで作戦の指揮をとり、柳井が参加したポートモレスビー作戦を独断で決行させた張本人。その人物が衆議院議員として日本選手の応援にやって来ていた。今回、柳井には話しをする機会が無かったが、あの戦争を導いた者の一人として今何を考えているのか是非聞きたい思いはあった。遠くから見る様子では、自分のやって来たことについて後悔している気配は微塵も無かった。寧ろ未だに大きな勲章をぶら下げているようにさえ見えた。

オリンピック終了後、別命で柳井はニューギニアに飛んだ。その地に放置されたまゝになっている日本兵戦死者の遺骨を収集する事前調査を厚生省から依頼されていたのだった。事前調査と銘打ってはいてもそれほど本格的なものではなく、柳井がニューギニアの帰還兵だった経歴があったので、メルボルンへ行くついでにちょっと寄ってきたらどうかと軽く要請されたというのが本当のところだった。しかし一も二も無くそれを引き受けた柳井は、閉会式が終了した直ぐ後にはメルボルンのエセンドン空港からポートモレスビーに向かって飛び立っていた。

空から見下ろすポートモレスビーは、優雅に入り組んだ珊瑚礁にエメラルド色の海が広がる美しい港町だった。ジャクソン空港に降り立った時、一瞬目眩《めまい》を感じた。熱帯の暑さに触れたゝめではない。このポートモレスビーこそ、柳井が同行していた南海支隊が、どうしても辿り着きたくて辿り着けなかった怨念の地だった。この空港に足を踏み入れるのを目前にして、日本兵たちはオーエンスタンレーの山脈を引き返さなければならなくなった。その遺恨の空港に自分が立っている不思議さは、何事も無くタラップを下りて飛行場の敷地を建物に向かってのんびり歩いている人々の姿とは全く乖離したものだった。その大きなギャップに目眩したのだった。

ポートモレスビーへは乗り継ぎで寄っただけで、空港待合室でラエ行きの便を待つ。発着を告げる掲示板があることはあるのだが、使用されていない。次の便が何時になるのか誰も判らない。じっと座って、直前に大声で告げられる出発の告知を待つ以外にない。客の半分はオーストラリア、アメリカを中心とする白人で残りの半分は現地人と見られる黒人だった。オーストラリアの統治が続いている中でも、けっこう黒人利用客の数が多い。

南海支隊が塗炭の苦しみで往復した山また山の難路も、空を飛んでしまえば三時間のフライトだった。到着したラエでは空港近くのホテルに泊まった。ホテルは進駐軍のベースのような、日本人からすると大雑把な建物で、庭には色鮮やかな熱帯植物を配し、キノボリカンガルーやオウギバト等の動物や鳥を檻に入れて飼っていた。客は柳井の他は全員が白人で、仕事やダイビング等のレジャーを楽しみに来ている人たちだった。

ラスカルと呼ばれる愚連隊が頻繁に出没するということで、柳井はタクシーでラエ周辺を回ることにした。海岸近くにあった日本軍飛行場とその周辺基地はその姿を全く消し、同じようなバラックの家が軒を連ねる市街地になっていた。「戦死者の遺骨が未だ残っていそうな場所に行ってくれ」と運転手に告げると、大きな公園のような連合軍共同墓地に連れて行かれた。見当違いの場所に案内されたと思いつゝ、入口の頑丈な鉄扉越しに中を覗くと、緑の芝生に大理石の墓石が整然と並んだ美しい場所だった。勝者はこうして丁寧に埋葬されている。運転手に頼むより自分の記憶を頼りに行く先を決めて行った方が早いと気づき、それからは柳井が自分で車の進む先を指示した。

先ず、自分が働いていた陸軍野戦病院のあった場所へ行ってみた。激しい空爆で当時でさえあらかた破壊されてしまっていて、途中で撤退してしまった場所だ。今は農園経営が完全に復活し、大きく広がった椰子林と新しく整然と区画された畑が広く広がっている。近くを流れる川の風景から場所を特定するしか無かったが、どこがどこやら判断がつかなかった。野戦病院の敷地には一種の墓場として、死んだ者たちを埋めた場所があったが、それがどこなのかさっぱり判らなかった。

当時、地下壕を深く掘って要塞化していた基地が幾つかあって、それらは最終局面まで戦いを続けた筈であった。そこに未だ遺骨が残っているかもしれないと考え、車を移動させた。そうした基地は大概小高い丘に作られていた。行って見てみると、そこに穿たれていた穴という穴は全てと言って良いほど泥で埋まっていた。戦争中に連合軍によってブルトーザーで埋められたと運転手は説明した。戦争中、敵は生きている兵隊を轢《ひ》き殺したり生き埋めにしたりするという話しを頻繁に聞いていたものだった。埋められた穴の中にはたくさんの日本兵がいた。入口を埋めた土泥は何百トンにも及んだという。厚く閉ざされたその泥の壁を深く掘り起こせば、多くの遺骨が見つかるものと考えられた。穴の中で鬼哭啾々《きこくしゅうしゅう》する声が聞こえるようだった。

丈高く茂る叢《くさむら》には日本軍の錆びた兵器の残骸が埋まり、フォン湾の波が打ち寄せる海岸には被弾して破壊された輸送船の残骸が横たわっていた。陸側にはサラワケットへと続く山岳が黒々と聳えている。あの山を越えて撤退行を続けた。あれらの山の中には、力尽きて倒れていった多くの日本兵が遺骨となって待っている。実際、それらを背後に残して歩き去ってきた柳井にはその様相がありありと眼に浮かぶ。無念の歔欷《きょき》が聞こえる。そうやって未だに転がっている者たちが可哀想だった。

翌日、柳井はマダンに飛んだ。酸鼻を極めたサラワケット山脈もラム川大湿地帯も、飛行機を使えば一っ飛びだった。飛行場にはバラック小屋が一つゲートとしてあるきりだった。マダンでは地方長官の家にゲストとして宿泊することになっていて、迎えの車が飛行場前に待っていた。今回のニューギニアの調査として柳井は厚生省からもう一つ別の依頼を受けていた。この長官の話しをよく聞いて調査に協力するようにというものだった。調査内容は不明だったが、きっと遺骨収集に関係したものなのだろうと柳井は漠然と考えていた。

夕食終了後、地方長官は現地警察署長を紹介し、依頼内容を柳井に話した。

「実はセピック上流の或る村で元日本兵らしい男が発見されている。らしいと言うのはその男がそれを認めていないからだ。現地人でないのは明白だが、彼が日本人だか、朝鮮人だか、台湾人だか、はたまた全然別の国の者なのかは判っていない。しかし先の戦争以来その村に留まっていたのは確実だ。村人とはよく溶けこんでいて、一人の女を嫁にしてもいるようだ。オーストラリア政府に敵対する様子は無く特に反抗的な態度も見られないが、自分に関する情報は何も言わない。村人も同様で、警察に協力的だが、彼についてはよく知らないという答えで口裏を合わせている。それで柳井さんには、その村へ行って貰ってその男と話しをしていたゞきたい。ほゞ日本人に違いないとこちらは踏んでいるが、その場合は日本へ帰国するように話しを進めていたゞきたい」ということだった。ニューギニア帰還兵の自分にこの話しが回ってきた事情に合点がいった。長官には、自分のできることなら何でも協力すると柳井は答えた。翌日から警察の高速艇に乗ってセピック川を遡航《そこう》する旨が告げられ、その段取りを警察署長から説明された。

翌朝、マダンの港で乗船した高速艇は、全長が二十メートル近くある灰色の大きな船だった。透き通った青い海の広がる湾内のあちこちに椰子とマングローブが茂る緑の小島が散在している。頭上に広がる大空も海と同様に真っ青だった。あらためて気がつくニューギニアの空と海の青さだった。戦争中は海には近づけず、青空には敵機の姿が重なっていた。ニューギニアの印象は何もかもが屍臭に染まっている。海も空も死の臭いと色で満ちていた。それしかなかった。

やがて船はセピックの大きな河口に入り、川の流れと反対に真っ直ぐ遡航し始めた。上って行くうちに川の色が土色に変わってきた。両岸はどこまでも続く同じようなジャングルが鬱蒼と茂っている。時々、現地人たちがカヌーを使って行き来するのに出会う。柳井たちも戦争中、このカヌーには大いに世話になった。三途《さんず》の川の渡し船を見る思いで、兵隊たちはこの細長い小舟を見守っていたものだった。この泥川の流れの中にどれ程の命が呑みこまれていったゞろう。人間の文明から隔絶された全くの大自然がそのまゝ存在している。思えば凄い場所に日本軍は踏みこんだものだ。蟻地獄に足を踏み入れた蟻の絶望。そんな暗澹とした気持ちが今更ながらに蘇ってき、溜め息をつく。

船中で一泊し翌日の夕方、落ちていく陽の光を浴びて赤色に染まったチャンブリ湖に入り、その畔にあるアイボムという場所に着いた。大型船はこゝまでしか入らない。

翌日からはモーター付きのカヌーに分乗して川を上った。焼けつくような炎天下、茶色いセピック川を猛スピードで果てしなく進んだ。何時の間にか支流に入って、川幅がどんどん狭くなってきていた。スピードを落とし、木の根やワニの群れ等にぶつからないよう注意しなければならなかった。様々な鳥の鳴き声が身近に聞こえ、ジャングルの息吹きに包まれてくる。

夜遅く目的の村に辿り着いた。年とった酋長が出てきて、柳井と警察官三人をゲストルームに案内した。目的の男とは明日会うことになった。ゲストルームは村の中央にあるハウス・タンバランにあって、現地人からはマロロハウスとも呼ばれている集会所のような場所がそれに充てられていた。段差が取り付けられた板を上って高床式のフロアーに入る。四人の宿泊場所になったとはいえ、マロロハウスとしての役割は失っていないようで、時折ぬうっと現地人が入って来る。盛り上がった傷口を飾りのように並べた黒い身体や顔面に一瞬息を呑む。彼らの臭気も尋常ではなく、戦争中彼らに接した時に感じた嫌悪感が蘇る。小屋にはトイレがない。小用はそこいらで済まし、大の方は特別の場所を案内された。下を川が流れる高木の枝の上で、落ちないように小枝を摑みながら用を足す。柳井が難色を示すと、こゝでなく、どこでも好きな所でやれば良いと笑いながら言われた。紙で拭《ふ》くなぞという行為は現地人には断じて無い。更に柳井が心配だったのは、マラリア蚊からの防御だった。幸い警察が個人用の蚊帳を用意していてくれたので、それを広げてその中で眠った。これも戦争中の悪夢を思い起こさせるものゝ一つだった。

オーストラリア兵と戦っている夢にうなされつゝ寝苦しい夜を一晩過ごすと、オーストラリアの警察官がコーヒーを作っている姿があった。彼が眼を覚ましたのを確認すると、「グッドモーニング、ミスター柳井」と声をかけてきた。「コーヒーを飲みますか？」と聞くので「イエス、プリーズ」と答えると、ネスカフェのインスタントコーヒーが湯気を上げているアルミカップを渡された。

固いフランスパンの塊をナイフで切ってバターを付けて食べた。それが朝食だった。食べ終わってから問題の男と対面した。

入って来た男は褌一つの裸体で、裸足《はだし》の足裏は現地人同様に固まっているようだった。越中褌姿の茶色の肌は一目で現地人とは異なっているのが判り、どう見ても日本人らしかったが、朝鮮人の可能性もあった。台湾の高砂族ではなさそうだ。獰猛さは感じられなかったが、少しも親しみの表情は浮かんでいなかった。不思議なものでも見るかのように首を傾げて柳井の顔をしげしげと見つめている。柳井の顔に何か記憶があるのかもしれなかった。そう言えば柳井もその男の顔に見覚えがあるような気がする。何処か重要な所で一緒に過ごしたことがあるような……。

「あっ」と柳井は気がついた。「あなたとはあのサラワケットで一緒に山を越しましたよね！　そう！　矢本少佐が亡くなった夜、一緒に身体を摩《さす》っていましたよね。あなたは、確か、石村伍長！」

おゝ矢っ張りそうだったのか。阪妻のような顔には見覚えがあった。軍医の柳井少尉だ。石村の頭にも記憶が蘇った。

「柳井軍医殿ですね。あなたが一体なんでこゝにいるのですか？」と石村の口から言葉が出た。いっぺんに日本人同士の会話となった。

「あなたを迎えに来たのですよ。日本に帰れるんですよ」と柳井が眼を輝かすと、

「オーストラリア軍と一緒にですか？」と疑わしそうな眼差しを返してきた。

「あゝ、この人たちはオーストラリア軍ではありませんよ。警察官です。元日本兵らしき人がいるので、私に話しをしてくれと頼んできたんです。もう十年以上も前に戦争は終了しています。今や何処の国とも日本は戦争をしていません」

「矢っ張り日本は負けたということですか？」

「そうです。気がついていたのですか？」

「薄々それは判っておりました。戦火は完全に止んでおりましたし、村人たちからもそれらしきことは聞いておりました」

「それでも投降はなさらなかったのですね」

「投降なんてできますか？　殺されてしまいますよ！」

「誰にですか？」

「オーストラリア兵かもしれないし日本兵にかもしれない」

「戦争はとっくに終わっているのです。あなたを殺そうなんて者はもう何処にもいませんよ」

「………」

「日本へ帰りましょう！　ご家族はいらっしゃるんでしょう？」

「日本に家族はいない。日本に良い思い出もない。だから帰りたいとも思っていませんよ」と石村は唇を噛んだ。

「あなたがこの土地の生活をけっこう気に入っているのは理解できます。そうでなければこゝで十年以上も生きていられる筈がありませんものね。でも日本人は矢っ張り日本で生活するのが一番なんじゃありませんか？　……春夏秋冬折々の風情と風物、酒も肴《さかな》も旨い、全国各地で繰り広げられる祭りや年中行事、それに日本人ならではの人情……、こういうものは他では味わえませんよ」と柳井が饒舌に語り始めると、

「いや、いや、もう止めてくれ」と石村は押し止めるように手を伸ばした。その手が少し震えている。そして「日本で生きるのが日本人には一番暮らしやすいでしょう」と認めた。当たり前だ。こんな原始生活がいゝわけがない。必ず日本に帰ると柳井は確信していた。

「でも、その日本に俺たち兵隊は家畜以下に扱われていじめ抜かれてきたし、大量殺戮さながらのやり方で見殺しにされてきたんですよね。こゝでの米軍の火力の凄まじさから察すると、負けた日本はきっと焼け野原になっていることでしょう。地獄のような日本に戻るのなら、ずっとこゝで暮らした方がマシだと思うんですよ」と石村は自分の考えていることを語った。

「確かに日本は焼け野原になってしまいました。でも十年というのは長い年月です。もうすっかり復興して戦争前にもひけを取らないほどに立ち直っていますよ。石村さんもご覧になればきっとびっくりされることでしょう」

「復興？　この戦争の落とし前はどうつけたんです？　これだけの戦争をやって人々を殺戮した、

その落とし前はついたんですか？」

「大日本帝国は滅びましたよ。新しい憲法を作って、国権の発動としての戦争を放棄し、平和国家として生まれ変わったんです。それが、その落とし前ということになりませんかね」

「戦争放棄？」にわかには信じられない言葉だった。しかしこの十年のうちに日本が大きく変わったという事実を予感させる響きがあった。だが苔のように日本にこびりついた軍国主義が、そう簡単に無くなるものではない。石村の心の疑念は未だとけなかった。しかし、戦争をしない国となったとは、一体どんな日本になったのだろう？　復興したと言うが、どんな国として生まれ変わったのだろうか？　沸々とわいてくる興味をおさえることができなかった。懐かしく祖国を思い返す心が自分のうちにあるのを感じていた。

《参考文献》

小松茂朗　『愛の統率　安達二十三』　光人社
角田房子　『責任　ラバウルの将軍今村均』　新潮社
クレイグ・コリー　丸谷元人　『ココダ』　ハート出版
飯田　進　『地獄の日本兵』　新潮社
金本林造　『ニューギニア戦記』　河出書房新社
越智春海　『ニューギニア決戦記』　光人社
間嶋　満　『地獄の戦場　ニューギニア戦記』　光人社
福家　隆　『痛恨の東部ニューギニア戦』　戦誌刊行会
柳沢玄一郎　『あゝ南十字の星』　神戸新聞出版センター
石塚卓三　『ニューギニア東部最前線』　叢文社
星野一雄　『激闘ニューギニア戦記』　光人社
菅野　茂　『7％の運命』　光人社
尾川正二　『死の島ニューギニア』　光人社
島田覚夫　『私は魔境に生きた』　光人社
山田盟子　『従軍慰安婦』　光人社
森金千秋　『悪兵』　叢文社
奥崎謙三　『ヤマザキ、天皇を撃て！』　三一書房

水木しげる『水木しげるのラバウル戦記』筑摩書房
栗崎ゆたか『地獄のニューギニア戦線』フットワーク出版社
森山康平『ニューギニアの戦い』草思社
西村　誠『太平洋戦跡紀行　ニューギニア』光人社
岡村　徹『はじめてのピジン語』三修社

著者略歴
福井孝典（ふくい・たかのり）
一九四九年、神奈川県生まれ。
早稲田大学教育学部卒業。
著書＝『天離る夷の荒野に』（作品社）

屍《し》境《きょう》——ニューギニアでの戦争

二〇一三年七月二五日 第一刷印刷
二〇一三年七月三〇日 第一刷発行

著者 福井孝典
装幀 小川惟久
発行者 髙木有
発行所 株式会社 作品社

〒一〇二-〇〇七二
東京都千代田区飯田橋二ノ七ノ四
電話 (〇三)三二六二-九七五三
FAX (〇三)三二六二-九七五七
振替 〇〇一六〇-三-二七一八三
http://www.sakuhinsha.com
本文組版 米山雄基
印刷・製本 シナノ印刷(株)

ISBN978-4-86182-447-0 C0093